अल्पना मिश्र

अल्पना मिश्र का जन्म 18 मई, 1969 को हुआ। उन्होंने एम.ए. (हिन्दी) किया और काशी हिन्दू विश्वविद्यालय, वाराणसी से पी-एच.डी. की उपाधि प्राप्त की।

उनकी प्रमुख रचनाएँ हैं–'अन्हियारे तलछट में चमका', 'अस्थि फूल', 'अक्षि मंच पर सौ-सौ बिम्ब' (उपन्यास); 'भीतर का वक़्त', 'छावनी में बेघर', 'स्याही में सुरखाब के पंख', 'अल्पना मिश्र : चुनी हुई कहानियाँ', 'दस प्रतिनिधि कहानियाँ', 'इस जहाँ में हम' (Digitale Edition by Notion Press Media Pvt. Ltd.) (कहानी-संग्रह); 'सहस्त्रों विखंडित आईने में आदमक़द', 'स्त्री कथा के पाँच स्वर', 'स्वातंत्र्योत्तर कविता का काव्य वैशिष्ट्य', 'स्त्री विमर्श का नया चेहरा' (आलोचना)। उनकी कई कहानियाँ विभिन्न भाषाओं में अनूदित हैं। उपन्यास 'अन्हियारे तलछट में चमका' पंजाबी में अनूदित।

उन्हें 'शैलेश मटियानी स्मृति कथा सम्मान', भारतीय भाषा परिषद, कोलकाता के 'राष्ट्रीय रचनाकार सम्मान', 'प्रेमचंद स्मृति कथा सम्मान', 'वनमाली कथा सम्मान' से सम्मानित किया गया।

सम्प्रति : प्रोफेसर, हिन्दी विभाग, दिल्ली विश्वविद्यालय।

ई-मेल : alpana.mishra@yahoo.co.in

महबूब ज़माना और ज़माने में वे

अल्पना मिश्र

राजकमल पेपरबैक्स

पहला संस्करण 2012 में 'क़ब्र भी क़ैद औ' ज़ंजीरें भी' नाम से प्रकाशित

राजकमल पेपरबैक्स में
पहला संस्करण : 2025

राजकमल पेपरबैक्स : उत्कृष्ट साहित्य के जनसुलभ संस्करण

राजकमल प्रकाशन प्रा. लि.
1-बी, नेताजी सुभाष मार्ग, दरियागंज
नई दिल्ली-110 002
द्वारा प्रकाशित

शाखाएँ : अशोक राजपथ, साइंस कॉलेज के सामने, पटना-800 006
पहली मंजिल, दरबारी बिल्डिंग, महात्मा गांधी मार्ग, प्रयागराज-211 001
1, अनमोल सोराबजी संतुक लेन, धोबी तलाव, मरीन लाइंस, मुम्बई-400 002
वेबसाइट : www.rajkamalprakashan.com
ई-मेल : info@rajkamalprakashan.com

बी.के. ऑफसेट
नवीन शाहदरा, दिल्ली-110 032
द्वारा मुद्रित

मूल्य : ₹199

MAHBOOB JAMANA AUR JAMANE MEIN VE
Stories by Alpana Mishra

ISBN : 978-93-6086-473-6

प्यारे भाई अभिनव नीलाभ द्विवेदी को
जो छलकता हुआ प्यार लेकर
इस दुनिया में छोटी सी यात्रा पर आया था।

"वह ज़िन्दा रहा इक्कीस साल
मैं तब पन्द्रह की थी
मौत ने लील लिया उसे इक्कीसवें में
पन्द्रह की थी मैं
वह अब भी इक्कीस का है
पर हो चुकी हूँ मैं उन्तालीस की
वह इक्कीस का होगा तब भी
जब मैं समा जाऊँगी
मौत के आगोश में।"

—किम यांग शिक
कोरियन कवयित्री

पुरोवाक्

अपने ही लिखे पर निरन्तर विचार करते रहना, फिर पुनर्मूल्यांकन करते हुए उनमें अपेक्षित परिवर्तन करना, कम ही रचनाकारों ने किया होगा। किसी रचना के पूर्ण हो जाने के बाद उससे प्रायः निस्संगता की स्थिति बन जाती है, यह ठीक भी है। पर इसके बावजूद अपनी रचना पर दूर खड़े होकर, निस्संग भाव से विचार करना, आगे के लिए अपनी ही दृष्टि को साफ करते जाना भी है। यह मेरे साथ घटित होता रहता है। कहानी पूरी हो जाने के बाद भी उस पर बार-बार विचार करने की प्रक्रिया बनी रहती है। यह प्रक्रिया मुझे ऐसी भावुकता से मुक्त करती चलती है, जो यथार्थ की भीतरी पर्तों को अपनी सघन घटनात्मकता के प्रवाह से ढक लेती है। और फिर आज तो हम ऐसे समय में ही खड़े हैं जो पुनर्विचार, पुनर्मूल्यांकन, पुनर्परीक्षण, आत्मालोचन आदि की महती आवश्यकता की माँग कर रहा है। तब 'सत्य' का आकांक्षी तथा अन्वेषी रचनाकार पुनर्मूल्यांकन की तरफ कैसे नहीं जाएगा। मैं भी सत्य के अन्वेषण में जीवन यथार्थ को गहराई से समझने की तरफ ही गई। शायद इसीलिए 'बेदखल' कहानी (संकलित–'छावनी में बेघर') का प्रारम्भ ही इन पंक्तियों से हुआ कि–"वे सच, जो सच के भीतर छिपे रहते हैं, दिखते नहीं, जिन्हें बेदखल मान लिया जाता है, वे सच, अपनी अनुपस्थिति में भी उपस्थित होते हैं।" फिर जाहिर है कि इन अनुपस्थित लगते उपस्थित सत्यों को अभिव्यक्त कर देने का संघर्ष शुरू हुआ।

यद्यपि विचार मूल है, पर संवेदनशील मन भी कम महत्त्वपूर्ण नहीं। अतिरिक्त भावुकता को छाँटकर निरे यथार्थ को अधिक

संवेदनशीलता के साथ देखने की तरफ यही ले जाता है। इसलिए कह सकती हूँ कि इस संग्रह की कहानियों पर भी विचार करते रहने की स्थितियाँ कम नहीं हुईं। जहाँ कहीं लगा कि घटनात्मक परिस्थितियाँ, यद्यपि वे यथार्थ का ही उद्घाटन हैं, पर नितान्त पसरे यथार्थ की तमाम चीजों से पाठक को अवगत कराते हुए भी, फोकस में अपनी भावुक घटनात्मक केन्द्रीयता को ले लेती हैं, वहाँ उसे हटाकर यथार्थ को फोकस में लाने की कोशिश की गई है। हालाँकि इसके लिए किसी भी कहानी को रीराइट करने की जरूरत नहीं पड़ी बल्कि केवल कुछ घटनात्मक वाक्यों को हटा देने से ही यह काम बन गया। बहुतायत में मिली पाठकीय प्रतिक्रियाओं ने मेरे इस निर्णय को दृढ़ता ही प्रदान की।

इसलिए जब इस पुस्तक का दूसरा संस्करण नए धज के साथ लाने की बात प्रकाशक की तरफ से आई तो अपने इस विचार को व्यावहारिकता का जामा पहना देना सम्भव भी हो गया। उम्मीद है कि पाठक मेरे इस निरन्तर विचार प्रक्रिया के कारण उत्पन्न परिवर्तनों से सहमत हो जाएँगे—वैचारिक उद्वेलन पैदा करना किसी भी कृति का मूल धर्म होना ही चाहिए, यह मैं हमेशा मानती रही हूँ। यह भी हो सकता है कि मेरे इस प्रयोग करते रहने के तरीके से कुछ लोगों को चोट पहुँचे और वे नाराज हो उठें, बहरहाल, मैं दोनों स्थितियों को झेलने को तैयार हूँ।

6 दिसम्बर, 2015

—अल्पना मिश्र

एसोसिएट प्रोफेसर, हिंदी विभाग,
दिल्ली विश्वविद्यालय, दिल्ली-7

अनुक्रम

ग़ैरहाज़िरी में हाज़िर

यह दूसरा घर था, जहाँ हम पहुँचे थे। इससे पहले हम एक घर और देख चुके थे। किसी ने इस दूसरे वाले घर के मालिक शर्मा जी का नाम बताया था। बताया था कि सज्जन हैं, ठीक हैं, कमरा उनके यहाँ खाली है, रहने के लिए ठीक रहेगा, वग़ैरह वग़ैरह...। हम पहुँचे तो शर्मा जी नहीं थे, कहीं कुछ काम से निकल गए थे। उनकी पत्नी थीं। नाटे क़द की फुर्तीली सी महिला। नाक नक़्श धारदार। मेरे छोटे भाई ने उन्हें ही विस्तार से बताया। मेरी इस नई-नई नौकरी के बारे में भी और पहाड़ी इलाके के इस छोटे से क़स्बे में इस तरह अचानक चले आने के बारे में भी। इससे भी ज़्यादा गम्भीरता से जल विद्युत कार्यालय में मेरी आज की ज्वाइनिंग के बारे में बताया। बस कल रात ही पहुँचे हैं। आज ज्वाइन करना था। सारा दिन उसी की भेंट चढ़ गया। सुबह नौ बजते ही दफ़्तर पहुँच गए थे। वहाँ बड़े बाबू से लेकर चपरासी, अफ़सर और महरा तक का इन्तज़ार करते रहे । लोग आते-आते आए। कुछ लोग ग्यारह बजे तक भी नहीं आए। लेकिन बड़े बाबू ग्यारह बजे तक आ गए। साहब तब भी नहीं आए तो बार बार पूछना पड़ा। बड़े बाबू ने कहा–"उनसे क्या लेना? आप तो ज्वाइनिंग दो।"

उन्होंने प्रसन्नता से चाय पिलाई और बोले–"अब आप विभाग का हिस्सा हो गईं। हममें से एक हो गईं।"

मैं वहीं बैठे-बैठे अपना ज्वाइनिंग लेटर लिखने लगी तो बड़े बाबू मुलायम स्वर में बोले–"मैं बोलता हूँ, आप लिखिए!"

मैंने कहा–"ऐसा भी क्या लिखना है?" और लिखने लगी। बड़े बाबू उझक उझककर देख लेते थे। मैंने लेटर पूरा कर के पकड़ा दिया। इस पर वे कुछ ऐसा मुँह बनाए कि लगा अभी अपनी मँगाई चाय वापस ले लेंगे। लेकिन

वे कुछ बोले नहीं तो हम भी कुछ नहीं बोले। अलबत्ता चाय का कप मैंने भरसक ज़ोर से पकड़ लिया।

"कहाँ के तिवारी? गढ़वाल कि कुमाऊँ?"

बड़े बाबू ने पूछा। मुझे समझ में नहीं आया। मैंने धीरे से कहा—"माने?" फिर और मरियल आवाज़ में कहा—"यू.पी.।"

यू.पी. सुनते ही उनके चेहरे पर मेरे आने से जो चमक कौंधी थी, वह झपककर बुझ गई। लगा कि किसी ने अभी-अभी उस पर बाल्टी भर पानी डाल दिया है। एक बार फिर लगा कि वे अपनी मँगवाई हुई चाय लौटा लेंगे। लेकिन नहीं, वे शार्ट हैंड टाइपिंग के बारे में पूछने लगे। जिस तरह वे पूछ रहे थे, लगा कि मेरे साथ ज़्यादा काम शायद उन्हें ही पड़ना था।

"बड़ी भाग्यशाली हो।"

बड़े बाबू के इस कथन को हमने प्रश्नवाचक चिह्न के साथ देखा।

"लोग एड़ियाँ घिसते रह जाते हैं नौकरी नहीं मिलती और तुम्हें इतनी जल्दी मिली। पैसा और सोर्स भी चाहिए आज के ज़माने में।"

"जी?" ये क्या कह रहे थे बड़े बाबू? हमारी नौकरी पर ही शक कर रहे थे।

"न जाने यू.पी. के लोगों को यहाँ नियुक्ति क्यों दे देते हैं? हमारी जगह घेरने को?" बड़े बाबू ने यह बात न कहकर कही।

यह सब कुछ उनसे अपनी ज्वाइनिंग के बारे में बताकर भी हमने नहीं बताया। भाई ने यह कहा कि दीपशिखा होटल में रुके हैं। घर का इन्तज़ाम न हुआ तो आज फिर वहीं ठहरना होगा। सामान वहीं एक कमरे में रखकर आए हैं। 'इस तरह तो रोज़ होटल के कमरे का किराया देना बड़ा महँगा पड़ेगा।' यह कहना बचाकर भाई उन्हें आगे बताने लगा कि हम किसके परिचय से शर्मा जी को खोजते हुए यहाँ तक पहुँचे हैं। फिर यह बहुत ध्यान से कहा कि किस तरह उन्होंने पहले ही हमें एक कमरे का आश्वासन दे दिया है। उम्मीद है कि वे हमें निराश नहीं करेंगी। इस पर मिसेज शर्मा का मुँह ख़ुशी से थोड़ा-सा खुला, फिर वे हमें खुले दरवाज़े पर ही खड़ा छोड़कर भीतर की तरफ़ इधर-उधर थोड़ा चलीं। फिर हाथ के इशारे से हमें भीतर बुलाते हुए पुराने डिजायन के दो जुड़े हुए बन्द पल्लों की तरफ़ इशारा किया।

"यही है। उनका नाम लेकर आए हो तो मना नहीं कर सकते। नहीं तो इस बार हम इस कमरे को टिंकू के लिए रखने की सोच रहे थे।"

हमने कुछ निराश हो उनकी तरफ़ देखा।

"टिंकू, मेरा बेटा। उन्होंने बताया नहीं कि शर्मा जी के दो बेटे हैं। टिंकू और मिक्कू।"

"जी।" हमने एक साथ कहा।

यह तो सचमुच उन्होंने नहीं बताया था। यह भी नहीं कि यह कमरा किस तरह का है? इसका दरवाज़ा घर के भीतर के आँगन में खुलता है। सुरक्षित रहेगा। घर जैसा रहेगा।

"घर जैसा रहेगा।" भाई ने अलबत्ता कमरे में निकास का दूसरा रास्ता न देखकर कहा।

"हाँ, हाँ जी। इसमें क्या सोचना है। घर है। घर जैसे रहना होगा। हमने किराए के हिसाब से थोड़े न बनवाया था। ये तो यहाँ तमाम इंस्टीट्यूट खुलने लगे हैं। लड़के रहने को आने लगे हैं। हमने भी एक कमरा उठा दिया। घर का घर, किरायेदार का किरायेदार। देखो भाई, न उसे दिक़्क़त, न हमें।"

"देखो जी, एक बात पहले ही बता दे रही हूँ। घर के हिसाब से थोड़ा एडजस्ट करना पड़ेगा।" उन्होंने एक पल रुककर थोड़ा बल देकर तेज़ आवाज़ में कहा।

"बाहर से पता भी नहीं लगता कि मकान किराए पर उठा है। तुम रहोगी तो और नहीं पता चलेगा। दिन में बस एक बार का निकलना, एक बार का लौटना।"

यह उन्होंने थोड़ा ठहरकर अधिकारपूर्वक कहा। उनकी इस बात से मैं थोड़ा घबराई। भाई भी कुछ चौंका। हमने अपने विषय में कभी इस तरह नहीं सोचा था कि मुझे दिन में एक बार ही निकलना और एक बार ही लौटना होगा। पहली बार ही मुझे लगा जैसे ज़िन्दगी नौकरी के साथ खुलने की बजाय बन्द होनेवाली हो।

हमारे चेहरे पर खिंच आए अनिश्चय को देखकर वे फिर कहने लगीं।

"आओ, इधर बैठकर सोच लो। वैसे सोचना क्या है? यहाँ कमरे मिलना मुश्किल हैं। किराये पर देने के हिसाब से तो पहले लोगों ने नहीं बनवाया था। वो तो आप लोग उनका नाम लेकर आए हैं तो मना नहीं कर रहे हैं, नहीं तो हमने सोचा था..."

"जी, आपने बताया था।" मैंने बीच में ही जैसे उनकी बात को रोक लिया। वे अपनी वही पहले वाली बात दुहरा रही थीं। इस पर ग़ुस्सा कर उन्होंने मेरी तरफ़ देखा।

"हाँ, नौकरी करनेवाली लड़कियाँ थोड़ा तेज़ तो होती ही हैं।" उन्होंने अपने ग़ुस्से को रोकते हुए कहा। मैं एकदम कटकर रह गई। जबसे हम इस घर में घुसे थे, भाई ही बोल रहा था। मैंने बमुश्किल एक दो शब्द ही कहा था। ऐसी कोई ज़रूरत भी नहीं पड़ी थी। बस, मेरे इसी एक वाक्य ने उनकी नज़र में मुझे तेज़ तर्रार लड़कियों में रख दिया था। या क्या पता घर से बाहर निकली लड़कियों के लिए उनके पास पहले से ही एक फ्रेम हो और अनायास ही उन्होंने उसी में मुझे भी डालकर देखा हो। शायद इसीलिए लगाम कसने की बात उन्होंने पहले ही कर दी थी। और फिर हम किसी के बताए पर ही आए थे।

हम उनकी बताई दिशा की तरफ़ मुड़ गए थे। आँगन के भीतर खुलते दूसरे दरवाज़े वाले जिस कमरे में वे पहले घुसी थीं, उसी में हम उनके पीछे-पीछे घुसे।

"बैठका यही है। टिंकू, मिक्कू भी इसी में रहते हैं।"

उन्होंने हाथ उठाकर, पटककर, चौकी पर सोए हुए टिंकू को थपककर और काले रंग की बनियाइन पहने, सोफे पर पाँव फैलाकर 'गृहशोभा' पढ़ते मिक्कू को आँखों से डपटकर चेताया कि कोई आया है, उठो कि तुम्हारे पाँव पसारकर बैठने का वक़्त फिलहाल स्थगित हुआ। दोनों लड़के ज़रा-सा भी नहीं घबड़ाए। टिंकू ने आँख खोलकर पहले हमारी तरफ़ देखा, फिर हलका-सा उठकर उसी चौकी पर पाँव फैलाए अधलेटा या अधबैठा सा हो गया। मिक्कू ने भी आँख उठाकर हमारी तरफ़ देखा लेकिन पसारे हुए पाँवों को कोई तकलीफ नहीं दिया। मैं और भाई चुपचाप बचे हुए दो सोफे पर अलग-अलग मुड़े हुए-से बैठ गए। मिसेज शर्मा अधबैठे या अधलेटे टिंकू की बगल में कम-से-कम जगह घेरती बैठीं।

लड़के सामान्य रूप से लम्बे और मोटे थे। मिक्कू शायद बॉडी बनाता होगा। उसकी काले रंग की बनियाइन में से झाँकती बाँहों की हलकी काली मछलियाँ दिख रही थीं।

"दुग्गल जी ने भेजा है इन्हें। ये मैडम आएँगी कमरे में। जल विद्युत में नौकरी लगी है।" उन्होंने चहककर मिक्कू को बताया। मिक्कू ने फिर एक क्षण के लिए 'गृहशोभा' से ध्यान हटाकर मेरी ओर देखा, फिर भाई की ओर और फिर उसी पत्रिका में धँस गया। उसके इस तरह देखने से और उसके चेहरे पर उगी हलकी सी दाढ़ी के सम्मिलित प्रभाव से मुझे किसी फ़िल्मी गुंडे का ध्यान आया और मैं अचकचाकर, उठकर खड़ी हो गई।

"क्या करते हैं ये लोग?"

"मतलब बेटे? दोनों बी. कॉम. कर चुके हैं। नौकरी खोज रहे हैं। नहीं कुछ हुआ तो बिजनेस करेंगे। बल्कि मिक्कू ने तो कुछ-कुछ शुरू भी किया है।"

"क्या शुरू किया है?"

"पैसे लोन पर देना।"

उनके इतना कहते मिक्कू ने पत्रिका ज़ोर से बगल में ज़मीन पर पटकी और सीधा मुझसे मुख़ातिब हुआ।

"देखिए आंटी..."

मैं फिर कट गई। इतने बड़े लड़के आंटी कहेंगे! शायद मैं इतनी बड़ी दिखती होऊँ। अम्माँ ने चलते वक़्त मेरे माथे पर एक लाल रंग की बड़ी सी बिन्दी लगा दी थी। अपने माथे की तरह। 'सौभाग्यशाली भव' शायद ऐसा ही कुछ बुदबुदायी थीं। उनका माथा चौड़ा है। मेरा भी। उनके चौड़े माथे पर बड़ी-सी लाल बिन्दी ख़ूब खिलती भी है। बहुतों ने उन्हें टोका भी था। तब, जब पिता हमें छोड़कर चले गए थे। हम छोटे थे, हमें यह देर में पता चला। यही कि अम्माँ को अपने मन की एक लाल बिन्दी लगाने पर टोका गया। अम्माँ ने बिन्दी लगाना छोड़ देने की कोशिश भी की। पर हममें से किसी को यह अच्छा नहीं लगा। जब वे बिना बिन्दी की दिखतीं, हम कह पड़ते–"अम्माँ सूना लगता है। कुछ खो गया जैसा लगता है।"

"अम्माँ बिन्दी लगाकर तुम कितनी सुन्दर लगती हो।" छोटी बहन दुलराकर कहती ।

"मानो छोटा-सा सूरज उग आया हो माथे पर।" वे कहतीं।

मानो जीवन में रंग भर गया हो। लाल। लाल से सुनहला। सुनहला-सा जगमगाता हुआ। जगमगाहट के भीतर सारे रंग समा जाते। दुख के, आँसुओं के, चिन्ताओं के, मेहनत के, जगी हुई नींदों के।

अम्माँ इस जगमगाहट से हमें ढँक लेतीं।

उन्होंने ताड़ लिया।

"दीदी कहो।"

"क्या फ़रक़ पड़ता है।" मिक्कू ने बेपरवाही से कहा। न कोई नमस्ते, न बन्दगी। सीधा अपनी बात पर।

"दो परसेंट पर लोन देते हैं। मतलब हज़ार रुपए पर दो सौ। दस हज़ार से ज़्यादा नहीं देते।"

"मगर यह तो बीस परसेंट हुआ।"

"इससे क्या? ये मज़दूर मिस्त्री लोग क्या जानें। इन्हीं की बस्ती में जाकर कौन साला लोन देगा? मैं देता। वापस लेना भी जानता। टाइम पे न लौटाया तो चार दोस्त रिवाल्वर लेकर बजा आएँगे। साले, सब समझ में आ जाएगा।" वह छत की तरफ़ देखकर गरजा।

"ये सब मैडम को क्या बताना।"

"मम्मी डरती है। साला मैं नहीं डरता। बड़ी-बड़ी कम्पनियाँ ऐसे ही पैसा निकलवाती हैं। वरना तो सब साले लोन लेकर डकार जाएँ। हूँ।"

माँ की बात को बीच में काटकर उसने जैसे अपनी बहादुरी का प्रमाण प्रस्तुत किया।

"मैं नहीं डरती। ज़रूरत पड़ जाए तो झोटा खींच के, सिध्धा पेट में हाथ डाल के अपना सामान निक्काल लूँ। मिक्के तूने देक्खा नहीं अपनी माँ को?" उन्होंने सगर्व मेरी तरफ़ देखकर थोड़ा चिल्लाकर मिक्कू की चुनौती का जवाब दिया।

"देक्खा है मम्मी, देक्खा है।" वह फिस्स से हँसा। अपनी मम्मी की महिमागाथा पर हँसा कि मेरे दहशत खाए चेहरे पर। भाई फ़ौरन उठकर खड़ा हो गया। फिर हम दोनों भाई-बहन ने उस आँगन की तरफ़ देखा, जिसमें तीन दरवाज़े खुल रहे थे। दो इनका और एक मेरा होगा। मेरे वाले के ठीक सामने इन लड़कों का यह कमरा, बैठका, जो भी है, रहेगा। यह सोचना ही अजीब लग रहा है।

"जी, किचन में कोई वैंटिलेशन, खिड़की, रोशनदान वग़ैरह नहीं है?"

मैंने किराए वाले कमरे के बग़ल में एक पतली गली जैसी जगह देखकर कहा, जिसमें चूल्हा रखने के लिए पटरी बनी थी, पतला-सा दरवाज़ा भी लगा था।

"ज़रूरत क्या है? दरवाज़ा खुला रखना।"

"और लैट्रिन बाथरूम?"

भाई ने मेरी तरफ़ मुँह बनाकर देखा। क्यों इस घर के बारे में पूछ रही हो? रहने दो।

मैं जान रही हूँ। भाई को जँच नहीं रहा है।

"हाँ, हाँ, आओ जी इधर। इधर है। कॉमन है और फिर कौन-सी तुम परिवार के बाहर रहोगी? यहाँ सबके घर में ऐसा ही है। अलग से, एक कमरे के एक आदमी के लिए लैट्रिन बाथरूम क्या बनवाना? देखो, वो तो कब से रह रहे हैं हमारे साथ। क्यों मिक्कू, कोई पाँच साल से रह रहे होंगे न बैंकवाले भाई साहब?"

मिक्कू ने कोई जवाब नहीं दिया तो वे ख़ुद ही बोलीं–"कोई इतना ही हुआ होगा।"

तब हमने देखा कि आँगन के भीतर तीन कमरों के दरवाज़े, दो पतले लम्बे बिना रोशनदान वाले किचन के दरवाज़े के अलावा एक लोहे की ग्रिल भी लगी है। उस ग्रिल के पीछे भी एक दरवाज़ा है, यह देखना हमसे पहले छूट गया था।

कितना कुछ आदमी से पहले देखना छूट जाता है। बाद में लगता है कि यह पहले क्यों नहीं देखा?

बहुत कुछ अपनी ज़रूरत के हिसाब से दिखता है। बाक़ी पता नहीं कहाँ अदृश्य रहता है!

"उसमें भी?"

"उन्हीं का तो बता रही हूँ। वो कमरा बड़ा भी है। अकेले रहते हैं। हमने तो कहा भी कि कमरा बड़ा है, पूरा परिवार रह सकता है, पर, ख़ैर..."

"और भी?"

"नहीं। ऊपर बनवाएँगे तब देंगे।"

क्या किया जाए? भाई ने मेरी तरफ़ फिर मुँह बनाकर देखा।

पहला घर, जो हम किसी ऑफ़िसवाले के बताने पर देखकर आए थे, निहायत बुरी हालत में था। था वह भी आँगन के भीतर। आँगन के भीतर की दीवार पर कभी हलके पीले रंग से पुताई हुई होगी। उसके तीन चौथाई हिस्से पर एक अजब चित्रकारी थी। हलका कत्थई रंग लिये गहरे हरे और गहरे काले रंग की काई उस पर फैली हुई तमाम तरह के भित्ति-चित्र रच रही थी। तिस पर पीले रंग का प्रकाश भी उस पर गिर रहा था।

जैसे एक पुराना समय दीवार पर ठिठका हो।

भीतर बहुत बड़ा परिवार था। ख़ूब शोर, ऊपर से कमरे में सीलन की लहरदार बदबू उठ रही थी। एक पुराने समय पर बहुत पुरानी बेचैनी थी।

"रहने से गन्ध कम हो जाएगी।" उन्हीं में से किसी ने कहा था।

रहने से बदबू का अभ्यास हो जाएगा। ऐसा मुझे ध्वनित हुआ था।

बीमारियों का ख़याल आया था। भाई ने धीरे से कहा था कि जो बच्चा मेरे पैरों के पास एकदम चुप बैठा है, उसे पोलियो है। उसकी उम्र शायद तीन साल होगी या तीन और पाँच के बीच कुछ। पोलियो के खात्मे जैसे तमाम सरकारी दावों की हमें एक साथ याद आई। भाई उनसे कमरे के बारे में कुछ पूछने कहने की बजाय पोलियो अभियान और पालियो ड्राप के बारे में पता नहीं

किस आवाज़ में बताने लगा। तब उनमें से एक औरत ने आवाज़ के तालाब में बड़ा-सा पत्थर मारा।

"हस्पताल होने से क्या होता है भइया? डाकदर भी चाहिए। पानी पी के मरीज़ ठीक नहीं होता। देखो, इसका पेट साल भर से झर रहा है।"

एक नौ-दस साल के कंकाल से उछलते बच्चे का हाथ खींचकर उसने हमारे आगे रख दिया। बच्चे की त्वचा खिंची हुई काली थी। छाती से लेकर पेट का पूरा भीतरी चित्र साफ़ दिख रहा था। इतना साफ़ कि उसे स्याही में डुबाकर यदि पेट के बल लिटा दिया जाए तो एक बड़ा सा हस्ताक्षर बनेगा। किसी परिचित देश का नक़्शा। या शायद एक बड़ी-सी डिजायन, जिसका उपयोग कोई बड़ी कम्पनी अपने फ़ैशन शो के परिधानों पर कर लेगी। कोई बड़ी विज्ञान की पत्रिका अपने मुखपृष्ठ पर इसे छापकर नए अन्वेषण का ख़िताब पा लेगी। तकनीकी वैज्ञानिक इसे स्कैन कर लेंगे तो बहुराष्ट्रीय कम्पनियाँ अपने पैक्ड फूड माल और हेल्थ व्यवसाय के सामानों पर इसे छापकर तमाम छोटे देशों को हैरत में डाल देंगी। यह हस्ताक्षर विकासशील देशों के लिए तुरन्त विकसित हो जाने का चैलेंज रखेगा। ख़ैर...तो बच्चा एकदम सीधा खड़ा हो गया। जैसे उसकी पेशी हो रही हो, किसी अज्ञात जुर्म के लिए। धीरे-धीरे उसके आसपास कुछ और बच्चे इकट्ठे हो गए। तमाम सारे सम्भावित हस्ताक्षर।

भाई का मन हुआ कि वह इन सम्भावित हस्ताक्षरों को सँभालने के काम में लग जाए। उसने मुझसे कहा। मेरा भी मन हुआ पर कुछ सोचकर मैं एकदम डर गई। कुछ दूसरी चीज़ें थीं, जो ऐसा सोचते हुए आगे बढ़ते क़दमों को पीछे ढकेल देती थीं। जिनमें से एक पैसा था और दूसरा घर। पैसा था कि हमें हमारी कंगाली में भी कुछ कर डालने, कुछ बन डालने के लिए उकसाता रहता था। ऐसा रिस्क कैसे लिया जा सकता था? हमारे पीछे हमारे भाई-बहन थे, उनकी शिक्षा-दीक्षा थी। उनके शादी-ब्याह थे। उनके हिस्से के सुख-दुख थे। उनकी ज़िन्दगी हमारी ज़िन्दगी से बाहर नहीं थी। हम ऐसे सारे लोगों को अपनी ज़िन्दगी में शामिल करना चाहते थे पर करें कैसे? हम डर जाते थे। दूसरा हमारे सिरों पर हमारा घर हथौड़े की तरह हरदम बजता था। एक महान स्त्री-मूर्ति हमारे सामने अपनी भव्य विशालता में खड़ी होती थी। उस पर हम न्यौछावर होते थे। उसके सपनों की लाज हमें रखनी थी।

इस तरह अपनी इच्छाओं को वहीं रोककर हम इस दूसरे घर में पहुँचे थे। भाई को लड़के बिलकुल पसन्द नहीं आ रहे थे। अँधेरा भी गहरा रहा था।

"चलो।" उसने आँखों से मुझसे कहा।

"ये लड़के!" उन्होंने हमारी परेशानी को समझ लेने जैसा हँसकर कहा– "देर रात घर आते हैं। देर से सोकर उठते हैं। तुमसे मिलना ही कहाँ होगा? अब दुग्गल जी का नाम लेकर आए हो तो ऐसा करो कि एडवांस के दो सौ रुपए दे दो। बाक़ी के एक हज़ार दो-चार दिन में दे देना।"

श्रीमती शर्मा ने चट-पट में हमारी परेशानी का कारण भी बता दिया और निराकरण भी। भई, हमें इन लड़कों के रूटीन से क्या लेना देना? हमें तो इस पूरे माहौल की चिन्ता है, जिसके बीच में इस कोने वाले कमरे का दरवाज़ा है और एक पतले गलियारे, जिसे किचन कहा जाए, का पलता दरवाज़ा भी और एक कॉमन लेट्रिन बाथरूम भी। हमें इस पूरे माहौल की चिन्ता है मिसेज शर्मा, जिसमें ग्रिल के पीछे एक अदृश्य बैंकवाले भाईसाहब भी हैं। अभी एक अदृश्य शर्मा जी इन सबमें आकर जुड़ने वाले हैं।

क्या करें? मुझे बड़ा अजीब लग रहा है। भाई ने सारा निर्णय मेरे ऊपर छोड़ते हुए फुसफुसा कर कहा–"जम तो नहीं रहा। कल फिर खोजें?"

मुझे लगा भाई ठीक कह रहा है। पर एक-एक दिन का होटल का बिल चढ़ते जाना कितना सही होगा? हमारे लिए तो दो सौ रुपए भी कीमती थे। बारह सौ का कमरा मैं अपनी इस छोटी-सी नौकरी में मिलने वाली आगामी तनख़्वाह के भरोसे ले रही थी। भाई के लिए उसकी पढ़ाई का समय कीमती था। बारहवीं का बोर्ड था। और जनवरी की इस ग़ज़ब की ठंड में वह मेरे साथ इतनी दूर चला आया था। एक मार्च से परीक्षा सिर पर थी। उसे अच्छे नम्बर लाना ज़रूरी था। वह अपनी किताबें लेकर आया था। सारे दिन जब मैं ऑफ़िस में थी, वह मेरी ज्वाइनिंग हो जाने के बाद चला आया था। दीपशिखा होटल में पढ़ता रहा था। अब शाम के इस वक़्त मेरे साथ घर खोजने निकला था। उसे हफ़्ते दस दिन अपने पास रोके रखना उचित नहीं था। वह ख़ुद ही एक गहरी ज़िम्मेदारी के बोध से घिरा हुआ लगता था। अम्माँ ख़ुद आना चाहती थीं। अगर उन्हें साँस उखड़ने की तकलीफ़ ने उस बीच धर दबोचा न होता तो वे किसी की न सुनतीं। ख़ुद आतीं। उन्हें लगता था कि उनकी हिम्मत से मेरा सब ठीक हो जाएगा। वे नाव बन जाएँगी और मैं उसमें बैठकर सागर पार कर जाऊँगी। वे नाव के पल्लों की तरह बाँहें फैलाकर मेरे पास आईं। मैं तो कहती थी कि मीठी को भेज दो। भाई को साथ भेजने की क्या ज़रूरत? उसकी पढ़ाई का हर्जा होगा। मीठी ग्यारहवीं में है। आ जाती। मुझे तो बस अजनबी शहर में एक साथ चाहिए था, फिर तो पूछते पाछते कहीं पहुँच जाऊँ। अम्माँ

नहीं मानीं। लड़की ही लड़की के साथ जाए तो बात ही क्या बनी? कौन किसे बचाएगा? उनकी सारी प्रगतिशीलता को काठ मार गया।

ज़माना इतना ख़राब जो है।

"अम्माँ फ़ालतू का न सोचो। मैं जा रहा हूँ न दीदी के साथ।"

भाई ने कहा।

मुझे भाई के लिए सोचते सोचते उस पर बहुत लाड़ आया।

अचानक मैंने दो सौ रुपए निकालकर उन्हें पकड़ा दिया।

भाई ने थोड़ी हैरत और थोड़ी नाराज़गी से मुझे देखा।

"आगे खोजते रहेंगे।" मैंने उसे मन की भाषा में आश्वस्त किया।

"दुनिया ख़राब है।" उसके मन ने चेताया।

"पता है। जल्दी बदल लेंगे।" मैंने बिना कहे समझाया।

"जल्दबाज़ी कर रही हो।" उसके मन ने फिर टोका।

"अच्छा अभी चलो। फिर इस पर सोचेंगे।" मेरे मन ने उसे दुलराकर कहा। मैंने उसका हाथ पकड़ा और हम बाहर निकल आए। जिस क्षण मैंने उसका हाथ पकड़ा, श्रीमती शर्मा के आँखों की रोशनी तेज़ हो गई। उन्होंने आँखों से टॉर्च फेंकती रोशनी में हमें घूरा।

भाई मन में मुस्कराया। मैं भी मन में मुस्कराई।

"सामान आज ही लाओगी?"

"हाँ।" मैंने हलकी-सी गरदन मोड़कर दुनिया की भाषा में कहा।

"कब तक?"

मैंने इसका कुछ जवाब नहीं दिया तो भाई ने हलकी-सी गरदन मोड़कर दुनिया की भाषा में कहा।

"घंटे दो घंटे में।"

समान क्या था, अम्माँ ने कुछ बरतन दिए थे। एक छोटा पुराना कुकर भी दिया था। कहा था कि छोटा गैस स्टोब वहीं से ख़रीद लेना। छोटा गैस स्टोब कैसे ख़रीदा जाएगा, इसका एक लमसम सा हिसाब भी समझाया था। वक़्त बेवक़्त खाने के लिए थोड़े ठकुए बाँधे थे। ठकुए मीठी ने ही बनाए थे। अम्माँ को साँस उखड़ने की दिक़्क़त न हुई होती तो वे कुछ और चीज़ें भी बनातीं, जो उनके मन में रह गई थीं। फिर भी वे मानती नहीं थी, उठ-उठकर जो जो याद आता जाता रखती जातीं। हलकी ठंड के लिए कम्बल रख दिया था। रजाई यहीं भरवा लेने के लिए बार-बार हिदायत दी थी। गद्दा रख रही थीं पर हमने ही औसत लम्बाई वाली दो दरियाँ उठा लिया। दरियाँ दो ही थीं।

वहाँ उनसे काम चलता रहता था। गद्दा भी इतना नहीं था कि यहाँ-वहाँ दोनों जगहों की ज़रूरत पूरी करा दे। पर अम्माँ चाहती थीं कि गद्दा मेरे साथ जाए। उन्हें पहले से अधिक मेरे देख भाल का ख़याल आ गया था। गद्दा अधिक जगह घेरता। दरियाँ कम जगह में आ गईं। वैसे भी जब भाई, मीठी, छुटकी और अम्माँ आएँगी तो दरी काम आएगी ही। जब अकेले होऊँगी तो एक के ऊपर एक करके बिछा लूँगी। अम्माँ को यह तर्क ठीक लगा था। वे मान गई थीं। इस तरह एक बिस्तरबन्द भी हमारे साथ था। गठरी जैसा। बरतन बोरे में बँधे थे। इस तरह एक बोरा भी हमारे साथ हो गया था। एक बैग भी था ही, जिसमें नए पुराने मेरे कपड़े थे। भाई अपने लिए अपना ट्यूशन बैग लेकर आया था, उसी में दो कपड़े डाल लिये थे। लौटने में उसे आसानी रहती।

"हम समझ गए थे कि आप लोग मकान देखने निकले होंगे।"

हमारे चेहरे पर किराए के लिए मकान देखने निकले लोगों वाला भाव रहा होगा। यह भाव एकदम चेहरे पर कैसा दिखता होगा? अगर तुरन्त-तुरन्त हमें आइना मिलता तो हम थोड़ा-सा ज़रूर जान लेते। किन्तु हम थे कि इस भाव के बारे में बिलकुल नहीं सोच रहे थे। ये तो अचानक रास्ते में दफ़्तर के शास्त्री जी मिल गए और तपाक से कुछ इस तरह बोले कि हमारा ध्यान इस ओर चला गया। हमने न जाने किस अजीब स्वर में एक साथ कहा–

"हूँ। हाँ। बस। क्या कहें!"

"मैं होटल गया था। आप लोग नहीं थे, तभी समझ गया।"

हमने फिर कहा–"ओह। अच्छा। आपको परेशानी हुई।"

भाई ने इस आख़िरी वाले वाक्य को मेरे साथ पूरा नहीं किया। उसका बोलना बीच में छूट गया। उसने मेरी तरफ़ देखा। मैंने उसके देखने को देखा और चुप हो गई।

"कैसा लगा आपको हमारा पहाड़?"

"रास्ता तो इतना ख़ूबसूरत था कि क्या कहें! कहीं-कहीं एक तरफ़ खाई और दूसरी तरफ़ पहाड़ हैं।"

"ख़ासकर टिहरी के बाद भल्डियाना, धरासूँ वाला रास्ता। उत्तरकाशी तक आते-आते तो मन मगन हो जाता है।" मैं सचमुच रास्ते भर मुग्ध थी।

"है तो सुन्दर पर ज़्यादातर खाई की तरफ़ बैरियर नहीं है, इससे डर भी लगता है और रोमांच भी होता है।" भाई ने रुककर कहा।

"भई, बैरियर होकर भी क्या करेगा? पहाड़ आदमी के आदेशों को हरदम नहीं मानते। और पता है आपको, सबसे ज़्यादा दुर्घटनाग्रस्त क्षेत्र वे हैं, जहाँ सड़के चौड़ी की जा रही हैं, पूछिए क्यों?" शास्त्री जी ने हमारी तरफ़ चुनौती उछाली।

"जी, न्यूज़ में भूस्खलन, भूकंप वग़ैरह आता रहता है। उत्तरकाशी के बारे में ख़ूब पढ़ा है।"

"क्योंकि, वहीं तो सबसे ज़्यादा पहाड़ दरकते हैं। पर हमारी कौन सुने? पता है न, आज तक वरुणावर्त पर्वत का कोई ट्रीटमेंट नहीं हुआ! वैज्ञानिक चिल्लाते रहें, तो रहें। कौन सा वो सरकार हिला देंगे?"शास्त्री जी ने अपनी बात का पुराना सिरा नहीं छोड़ा।

"मतलब, प्रगति और दुर्गति साथ-साथ।" भाई ने उनके दुख का साथ दिया।

"एडवांस तो नहीं दे आए वहाँ?" उन्होंने तभी फिर कहा।

हम चौंक गए। भाई ने टोका भी था पर मैं ऐसी ग़लती कर आई थी। अँधेरा होने को था ही। बस, घंटे-दो-घंटे में सामान लाकर रात वहीं गुजारने का इरादा भी हो रहा था। मैंने बड़ी नाख़ुशी से कहा–"दे तो दिया है। दो सौ रुपए।"

"ओह! चलिए वैद्य जी का मकान आपको दिखा देते हैं। एक कमरा है उनके पास। मुझे अभी पता चला, देर में। तुरन्त होटल गया पर आप लोग निकल चुके थे।"

कितने भले आदमी हैं शास्त्री जी। कौन जाता है आज के ज़माने में, किराये के मकान के बारे में जानकर होटल तक सूचना देने। मैंने मन में ऐसा सोचा। भाई ने भी ऐसा ही सोचा। हम बेहद-बेहद कृतज्ञ होने लगे। उनके साथ-साथ, बल्कि कहना चाहिए कि उनके पीछे चल पड़े।

"एडवांस नहीं देना था।" चलते चलते शास्त्री जी ने साधिकार कहा।

"ये सब करने से पहले ऑफ़िस वालों से राय कर लिया करिए! आप अकेली लड़की अजनबी शहर में हैं।" इस तरह उन्होंने भाई को ग़ैरहाज़िर कर दिया। मुझे हैरानी हुई कि वे अपनी बात में कितने स्पष्ट थे। जबकि मैं अब तक अपने को 'एक अकेली लड़की अजनबी शहर में' वाले रूप में सोच ही नहीं पाई थी। भाई को उनकी यह बात नहीं जँची। सलाह-मशविरा एक अलग बात थी पर लड़की होना एक बिलकुल ही दूसरी बात थी।

"सलाह-मशविरा लेना अच्छा है। आप लोग हैं ही, फिर अजनबी शहर कैसा? बाक़ी आदमी को अपनी बुद्धि से सोचना चाहिए।"

मैं भाई के इस सत्य कथन पर बहुत ख़ुश हुई। मन-ही-मन उसकी पीठ ठोकी।

कुछ दूर चलकर शास्त्री जी ने धीमे स्वर में लेकिन वजन के साथ वैद्य जी के बारे में कहा–"ब्राह्मण भी ठहरे।"

हालाँकि यह बात पूरे वजन के साथ कही गई थी, पर मुझे और भाई को एक साथ अच्छी नहीं लगी। लगा कि जैसे वे हमारे ब्राह्मण होने की बात को सबसे ऊपर रख रहे हैं और यह भी कि हमारे ब्राह्मण होने से ही वे वैद्य जी का मकान खाली जान कर, हमें ढूँढ़ने होटल तक दौड़ गए। ये ख़याल आते ही हमारे मन में उमड़ी पहले वाली कृतज्ञता कम हो गई। भाई ने हलका-सा मुस्कराकर मुझे जता दिया। मुझे इससे पहले ऐसा कभी नहीं लगा था कि हमारा ब्राह्मण होना एक ऐसी बात थी, जिसे सबसे ऊपर रखा जाना चाहिए या जिसके होने से बहुत सारी चीज़ें निर्धारित होनी थी।

इस तरह हम कभी-कभी उनके साथ, पर ज़्यादातर उनके पीछे चलते हुए वैद्य जी के घर पहुँचे। मकान के सामने बारामदा था, जिसे चारों तरफ़ से ढँककर वैद्य जी ने अपनी वैद्यकी की दुकान लगाई हुई थी। तमाम सारी आयुर्वेद की शीशियाँ, डिब्बे, लकड़ी की खुली अल्मारी में अँटे पड़े थे, जिन पर धुल की कई परत बैठ चुकी थी। वैद्य जी सफ़ेद टेरीकाट का कुर्ता पैजामा पहने, पुराने ज़माने की एक भारी, मोटी गद्देदार लकड़ी की कुर्सी पर बैठे थे। 'कोई आ न जाए' इस डर से उठकर अन्दर नहीं जाते थे। कोई माने मरीज़। इस मरीज़ के इन्तज़ार में वे दिन रात गल रहे थे। बूढ़ी, दुर्बल काया पर बूढ़ा, लम्बा, दुर्बल चेहरा फँसा था। उस पर न जाने कैसा दपदपाता अहंकार का तेज़ था। हमने पहुँचते ही उन्हें 'नमस्ते' किया। उन्होंने केवल शास्त्री जी के 'नमस्ते' का जवाब बेहद गुरु गम्भीर वाणी में दिया। उन्होंने हमारे 'नमस्ते' का जवाब नहीं दिया था पर उनके दपदपाते तेज़ से हम क्षण भर को हिल गए। 'पाँव भी छुआ जा सकता था' भाई ने यह भी सोचा। पर अब देर हो गई थी।

घर के भीतर जाने के लिए अजनबी पीछे के रास्ते से जाते थे और घर के लोग वैद्य जी की दुकान के अन्दर बने दरवाज़े से अन्दर बाहर करते रहते थे। इस दुकान और घर को जोड़नेवाले दरवाज़े के भीतर की तरफ़, लगभग दरवाज़े से सटी एक प्लास्टिक की कुर्सी रखी रहती थी, जिस पर बैठकर वैद्य जी वक़्त वक़्त पर खाना आदि खाया करते थे। खाना खाते समय दुकान के भीतर मरीज़ों के बैठने के लिए रखा स्टूल अन्दर खींच लिया करते थे। इस तरह स्टूल 'एक पन्थ दो काज' वाले मुहावरे पर ठीक बैठता था और ख़ुद वैद्य

जी भी इस मुहावरे पर ठीक बैठते थे। वे एक साथ घर के भीतर खाना खाते हुए 'दुकान में कोई आ न जाए' वाले ध्यान में भी बने रहते थे।

हमें पीछे का दरवाज़ा कमरा देखने के लिए बताया गया। हालाँकि शास्त्री जी हमें बराबर 'घर के आदमी जैसा ही' बता रहे थे। पर वैद्य जी के मन में शंका थी। उन्होंने बहुत ज़्यादा धैर्य के साथ गुरु गम्भीर वाणी में, हाथ से पीछे के रास्ते की तरफ़ इशारा करते हुए सिर्फ़ इतना कहा–"देख आइए।"

पीछे के रास्ते का दरवाज़ा घर के भीतर की किसी महिला ने खोला।

"देखिए, बच के आइए। कुत्ते की लैट्रिन है।" खोलते ही उसने कहा।

हम इससे पहले कि चकित होते, कुत्ते की लैट्रिन हमें दिख गई। पहले शास्त्री जी बचते हुए भीतर गली जैसी जगह से अन्दर गए, फिर हम दोनों।

"इधर है।" आँगन पार कर के महिला ने कहा। इसी बीच उसके पीछे एक और महिला मैक्सी जैसा कुछ पहने, आकर खड़ी हो गई। वह कुत्ते की तरह ही उनींदी थी और उसके कपड़े वर्षों पुराने थे। उस महिला ने शास्त्री जी को नमस्ते भी किया।

"ये वैद्य जी की छोटी बेटी है। वो बहू है।" शास्त्री जी बुदबुदाए।

"देख के!" महिला ने ज़ोर से कहा।

शास्त्री जी कुत्ते की अगली लैट्रिन में छू जाने से बच गए। चूँकि हमें पहले ही पता चल गया था, इसलिए हम उसकी बदबू को आसानी से पहचान सकते थे। शास्त्री जी ने भी आसानी से पहचान कर कहा–"कितना किया है? मार गँहा रहा है।"

"यत्र-तत्र-सर्वत्र।" पीछे से गुरु गम्भीर वाणी आई।

वैद्य जी उसी घर और दुकान को जोड़नेवाले दरवाज़े से आए थे। उनकी बहू ने कुछ झेंपकर कहा–"कुत्ता है तो करेगा ही। पता नहीं इसकी क्या आदत है कि दरवाज़े के आगे कर देता है। सबेरे तो आदमी उठाकर नहा ले। इस वक़्त कौन नहाएगा?"

"कुक्कुर पालने का शौक़ है! धनाढ्यों की नकल है, और कुछ नहीं। उसे समय समय पर बाहर नहीं ले जाएँगे। साफ़-सफ़ाई नहीं रखेंगे। सिर्फ़ शौक़ पालेंगे। फ़ैशन करेंगे। परिश्रम से जी चुरानेवाली पीढ़ी है ये। नई जनरेशन! सभ्यता संस्कृति सब रसातल में जा रही है। ऊपर से मुझे शिक्षा देने चली है?...शिक्षक हो सिगरे जग को, ताको कहाँ अब देती है शिक्षा?...राम भजु प्यारे...राम भजु प्यारे..."कहते हुए वैद्य जी घर और दुकान को जोड़नेवाले उसी दरवाज़े की ओर विलीन हो गए।

"हूँ। ऐसे ही कहते हैं पापा।" वैद्य जी की बेटी ने निरपेक्ष तरीक़े से कहा।

आँगन के एक कोने में मोटा थुलथुल कुत्ता सोता हुआ बैठा था। वह कभी-कभी पूँछ हिला लेता था। उसने एक बार अलसाते हुए आकर हमें सूँघा भी था, फिर उसी कोने में वैसे ही बैठ गया।

''आज के लोग...हे राम...'' जैसा कुछ शास्त्री जी भी बड़बड़ाए, फिर झल्लाकर बहू से बोले–''जो प्राणी घर में रहेगा, उसके भी द्वार पर आपका कुत्ता हगेगा, तो कैसे रहेगा, बेचारा?''

''अब ये तो बाबू जी से पूछिए! अपने तो फिलासफी बघार के चल देते हैं। कुत्ता रखा कौन? अरे, बच्चे कुत्ता लाएँ तो उन्हें समझाना चाहिए कि कुत्ता मुसीबत की जड़ है पर तब तो महान बन जाएँगे। 'पशुओं पर दया करनी चाहिए' कहकर दयालु बन जाएँगे। बच्चों की तरह नाज़-नखरा होता है कुत्तों का। सारी रोटी इस मरखैने कुत्ते को खिला देते हैं तो इन्हें कौन समझाए? अगर सुबह सबेरे मैं कुत्ता टहलाने निकल जाऊँ तो उस पे भी विपत्ति! मैं कहाँ-कहाँ काम करूँ? आपके सामने कह रही हूँ अंकल जी, सोचते हैं कि दुकान में बैठकर उपदेश छाँटने से सब चल जाएगा।''

बहू ने अपने मन का सारा आक्रोश उलीचकर हमारे सामने कुत्ते की लैट्रिन के बग़ल में रख दिया।

''ऐसे ही कह देती हैं भाभी।'' वैद्य जी की बेटी ने पहले हमारी तरफ़ फिर कुत्ते की तरफ़ देखकर कहा।

''इसे साफ़ करवाओ। कुत्ते का कहीं और इन्तज़ाम करो।'' शास्त्री जी ने निर्णयात्मक लहजे में कहा।

''कुत्ते का क्या? छत पर कर देंगे। अगर आप लोग आने को कहो तो तुरन्त कर देंगे।''

जिस क्षण वैद्य जी मुड़कर दुकान और घर को जोड़नेवाले दरवाज़े की तरफ़ विलीन हुए थे और बहू ने पीछे से उनके सिर पर ठीकरा फोड़ा था, हमारे मन से उनका पाँव न छूने का मलाल खत्म हो गया।

जब हम पिछले दरवाज़े से बचते हुए बाहर निकले तो ठीक सामने एक पतली दुबली लड़की को खड़ा पाया। मुस्कराती, चंचल, शरारती आँखों वाली, हमारा इन्तज़ार करती सी।

''मकान देखने आए हैं?''

''आ गई हमारे किराएदार फोड़ने! चाल तो देखो इसकी?'' हमारे पीछे से वैद्य जी की बहू कर्कश ध्वनि में लपकती हुई-सी आई। हमें देखकर दरवाज़े के पास ही ठहर गई।

"आप जाओ जी। इसे मैं देख लूँगी।"

वह शायद हमसे कुछ और भी कहना चाहती थी पर हम नहीं रुके। शास्त्री जी भी नहीं रुके। लड़की भी नहीं रुकी।

"हमारे घर का कमरा एक बार देख लो। नहीं तो उठ जाएगा।"

मुझे हँसी आई। ये नानी तो और दस क़दम आगे हैं। धमकी भी देती हैं।

"चलो।"

मेरे इतना कहते ही शास्त्री जी मेरे पास आए।

"छोड़िए, छोड़िए। चमार सियार, जुलाहा-सुलाहा के यहाँ कहाँ?"

हम न जाने किस निराशा में थे कि भाई ने कहा–"देख लेने में हर्ज नहीं।"

शास्त्री जी को यह नागवार ग़ुजरा।

"ऐसा न करिएगा। फिर तो शर्मा जी का ही ठीक है। कम-से-कम ब्राह्मण है।"

ऐसा कहते हुए शास्त्री जी हमसे विदा हो गए।

लड़की का घर दूर नहीं था। बस, वैद्य जी के घर के ठीक सामने की गली में क़रीब सौ गज अन्दर जा कर। घर छोटा-सा था। दो क़मरे, उनके सामने एक भीतरी बारामदा, छोटा-सा रसोईघर और एक आँगन। आँगन में सीढ़ी और चापाकल। बारामदे में एक चौकी और एक प्लास्टिक की कुर्सी किसी के बैठने के इन्तज़ार में पड़ी थी। हम उसी पर बैठे। घर गोबर से लिपा था। उसके भीतर सोंधी-सोंधी ख़ुशबू थी। तभी अँधेरे से बनी एक जर्जर स्त्री हमारे पास आई।

"कमरा देखने आई हैं। दिखा दो बेबी।"

"माती।" लड़की ने अपनी माँ के होने का प्रसन्नतापूर्ण संकेत दिया।

लड़की हमें जिधर मोड़कर ले जाती, स्त्री हमारे पीछे-पीछे आती।

बेबी ने उस छोटे से कमरे की खिड़की पर लगा साड़ी का पर्दा खिसकाकर खिड़की खोल दिया। भक्क से ढेर सारी उजास कमरे में भर गई। वहाँ लटकते बल्ब से भी ज़्यादा। पीछे खड़ी स्त्री ने धीरे-धीरे बताया कि उधर सड़क के लैम्प पोस्ट की रोशनी है। जब बल्ब लगा होता है तो इतनी रोशनी हो जाती है, जब टूट जाता है या कोई तोड़ देता है या निकाल ले जाता है, तब पूरा अँधेरा हो जाता है। इस तरह अँधेरे-उजाले का खेल चलता रहता हैं। बल्ब हो या न हो लेकिन लैम्प पोस्ट के होने में कमरे भर उजाले की उम्मीद छिपी रहती है।

"कमरे में बल्ब तो है!"

"किराए पर देने के लिए लगाना पड़ा। हमारा काम तो इसी से चल रहा था।"

"ये पर्दा भी हटा देंगे, अगर आप कहेंगी।"

"देखिए, दो दरवाज़े हैं। एक आँगन में खुलता है। ये दूसरा वाला सीधा पीछे वाली सड़क पर। लैम्प पोस्ट की तरफ़। आप आँगनवाला बन्द कर के इधर से ही आना जाना कर सकती हैं। वैसे दीदी, आप की मर्ज़ी।" लड़की ने उत्साह से कहा।

भाई आँगन में निकलकर खड़ा हो गया। हमारे कुछ और पूछने से पहले बेबी ने कहा–"बस, हम दो ही लोग रहते हैं। इसलिए किराएदार के लिए अलग से लैट्रिन बाथरूम नहीं बनवाया। अलग से बनवाना मुश्किल भी था। यही, किराए पर देने के लिए कमरे का एक बाहरी दरवाज़ा भी जीजी आकर बनवाकर गईं।"

लड़की ने मेरी तरफ़ देखकर जाने क्या सोचा कि एकदम से बोली–"आप जैसे कहेंगी, एडजस्ट कर लेंगे।"

"पढ़ती हो?"

इसके जवाब में उसने कहा–"छत पर तो आइए। बहुत अच्छा लगेगा।"

उसका इस तरह बुलाना इतना आत्मीय था कि हम छत पर चले गए। आँगन में ही सीढ़ी थी। ऊपर सचमुच अच्छा था।

"वो देखिए, वैद्य जी का घर दिख रहा है।" लड़की के उछाह में कुछ ऐसा था, जैसे वैद्य जी से उसका कोई कम्पटीशन हो।

"पढ़ती हो?" मैंने वैद्य जी के घर की ओर देखकर पूछा।

लड़की क्षण-भर को चुप रही। उसी क्षण भर को उसके चेहरे की चमक ग़ायब हुई, फिर उसने उसे पा लिया।

"आपके भाई हैं? इन्हीं के मुँह से दीदी सुनकर मेरे मुँह से भी दीदी निकल गया।"

मैंने उसके कन्धे पर प्यार से हाथ रखकर थपका।

'पगली' उसे ध्वनित हुआ होगा।

"ये क्या है? किसका है?"

छत पर दो काँवड़ रखे थे। बॉस के बने उनके दोनों तरफ़ कलश या लोटा रखने के लिए रस्सी से बुनी जगह थी।

"एक भइया का है और एक जीजा जी का। हर साल काँवड़ लेकर हरिद्वार जाते थे।'।

"भाई! क्या करता है तुम्हारा भाई?" मुझे अचरज हुआ। 'अब तक ये लड़की हम दो लोग तो रहते हैं' ऐसा कहे जा रही थी।

"जी, ट्रक ड्राइवर थे। सब कुछ अच्छा चलने लगा था। लेकिन एक दिन जोशीमठ की तरफ़ ट्रक लेकर गए, फिर...एक साल हो गया। जीजा जी भी तभी से अपना काँवड़ नहीं ले गए। जालंधर से जीजी और जीजा जी बार-बार हमें देखने नहीं आ पाते। कहते हैं, वहीं चलो। माती नहीं मानतीं। हमें लगता है कि माती को हम नहीं समझा पाए। पर वे सब जानती हैं। ऊपर-ऊपर इन्तज़ार करती हैं, भीतर-भीतर रोती हैं। बड़े अच्छे ड्राइवर थे भइया। पर..."

लड़की ने दूसरी तरफ़ मुँह कर के अपने भीतर कुछ उमड़ आए को रोका।

हमने पहले कभी पहाड़ को इस नज़र से नहीं देखा था। ख़ूबसूरत वादियाँ हमें लुभाती थीं। आने के पहले भी यही मन में आ रहा था कि छोटी-सी एक ख़ूबसूरत जगह रहने को मिलने वाली है। वह तो यहाँ आकर मकान की परेशानी ने पहला धक्का दिया है और अब पहाड़ की यह लीला! पता चला कि कितने गाँव जगह-जगह भूस्खलन की भेंट चढ़ चुके हैं। 'यहाँ कभी गाँव होता था,' ऐसा लोग कह देते हैं।

किन्हीं लोगों का दुनिया से चले जाना, सिर्फ़ उनका अकेले का जाना नहीं होता।

किन्हीं रिश्ते-नातों का चला जाना होता है।

किसी दुनिया का ख़त्म होना, जैसा।

किसी की दुनिया में बन्धुत्व का ख़त्म होना, जैसा भी।

कितनी सारी चीज़ों को हम दूर से कुछ और जान रहे होते हैं।

"डरकर आदमी जीना तो नहीं बन्द कर सकता।" भाई ने भाई की तरह समझाया।

"जी, पढ़ाई तभी से छूटी है। अब तक बी. ए. सेकेंड ईयर होता।"

"अब शुरू कर देना बहना।" भाई पूरा भाई हो गया।

मैंने भाई की तरफ़ देखा।

उसने आँखों से कहा–"दीदी, यह विपदा-भरा घर हमारे ही इन्तज़ार में था।"

मैं तेज़ी से नीचे आकर माती के पास गई और तुरन्त पाँच सौ रुपए उनकी मुट्ठी में बन्द कर दिया।

“सुबह सुबह आ जाएँगे। जल्दी जग जाओगी न?” मैंने लड़की से कहा।

“पहले ही इतना न दो। रहने के बाद देना बेटा।”

“नहीं माती।” कहकर उनकी मुझ तक आती मुट्ठी को मैंने वापस मोड़ दिया। बाहर आकर मैंने गहरी साँस ली।

“अब खाना खा सकते हैं माई लार्ड?”

“अरे बाप रे, इतनी देर हो गई। चलो, चलो, जहाँ भी मिले।” मैंने भाई का ख़याल न रख पानेवाली शर्मिन्दगी से कहा।

हम मुख्य सड़क पर थे। वहीं, मुख्य चौराहे के दाहिनी ओर काके दा ढाबा था। हम जहाँ ठहरे थे, दीपशिखा होटल में। वहाँ खाना नहीं मिलता था। कहने पर शायद वे कहीं से मँगवा देते, पर वह बहुत महँगा हो सकता था। ढाबा देखकर हमें ख़ुशी हुई थी। हम अन्दर जाकर एक मेज़ के सामने बैठ गए।

“हमें होटल में बैठने नहीं आता।” भाई ने धीरे से हँसकर कहा। उसका मतलब रहा होगा कि मैं सामने बैठूँ या वो सामने बैठे, पर हम दोनों ही अगल बगल की अपनी जगह को नहीं बदले। दोनों ही आलस कर गए।

“लगता है, यहाँ लड़कियाँ नहीं आतीं?”

मैंने अब ध्यान दिया।

कितनी ही बार अपना लड़की होना ध्यान से उतर जाता है।

“ड्राइवरों के लिए होगा।”

“हम भी तो ज़िन्दगी की ट्रक चलाकर आए हैं।”

“अब तो खाकर ही टलेंगे।”

ख़ूब ज़बरदस्त तड़के वाली दाल और तन्दूरी रोटी। वाह!

हम टूट पड़े। वर्षों के भूखे थे मानो। बस, एक दोपहर ही तो नहीं खा पाए थे। भाई ने पाँच रोटी खाई, मैंने चार। फिर भाई ने पूछा—“एक और ले लूँ?”

एक रोटी दो रुपए की थी।

“पेट भर खा। मैं भी और खाऊँगी। ज्वाइनिंग तो हो गई है। फ़िकर नहीं पुत्तर!”

मैं हँसी। फिर भाई भी हँसा। पहले हम थोड़ा अपने लिए हँसे, फिर थोड़ा अम्माँ के लिए, फिर छुटकी और मीठी के लिए भी हँसे।

“जाकर बताएँगे तो मज़ा आएगा।” भाई ने कहा।

भाई ने सुबह-सुबह मेरा सामान, मेरे साथ मिलकर बेबी के घर पहुँचाया। चाय हमने वहीं पी। गैस स्टोब के लिए पूछने पर माती ने कहा–"जब तक नहीं खरीदती, हमारे में खा लो। बाहर मत खाना।"

फिर कुछ सँभलकर कहा–"जाति बिरादरी के हिसाब से सोचती हो तो सोच लो।"

सब कुछ इतना साफ़ और अपना-अपना सा था।

अपनी जानी पहचानी सी दिक़्क़तें भी...।

भाई को जल्दी बस पकड़ना था। उसने सुबह-सुबह अम्माँ के भेजे ठकुए खाए थे। पर माती ने उसे एक रोटी साग के साथ ज़बरदस्ती खिलाई और जब मैं माती की दी टिफिन में रोटी साग लेकर ऑफ़िस के लिए निकली तो भाई मेरे साथ ही चला। उसे मुख्य चौराहे से गुजरनेवाली बस पकड़नी थी। मैं खड़ी रही, जब तक कि वह बस में चढ़ नहीं गया। उसे खिड़की के पास की जगह नहीं मिली थी। इसलिए बस में चढ़ने के बाद वह मुझे देखकर हाथ नहीं हिला पाया। "अच्छा दी" कहकर वह बस में चढ़ा और उसकी भीड़ में गुम हो गया। मैं खड़ी रही कुछ देर।

तब से खड़ी हूँ इस यक़ीन पर कि कभी तो ये बस पहुँचेगी मेरे घर के शहर तक। कभी तो वह जाकर वहाँ, हमारे 'काके दा ढाबा' पर खाने की बात बताएगा। छुटकी और मीठी को सुनकर मज़ा आएगा। कब सही सलामत पहुँचेगी यह बस?

यही बस, जिसमें चढ़कर वह भीड़ में गुम हो गया। यही बस, जो पहाड़ी रास्ते पर फिसलकर चालीस फीट खाई को नापती बिखर गई, जिसमें सत्तावन लोग तत्काल...।

गुमशुदा

''मम्मी, ओ मम्मी!'' भोलू ने दो-तीन बार आवाज़ लगाई लेकिन कोई असर दिखाई न दिया। तब वह चिल्लाया–''मम्मिया...या...आ...आ...''

उपेक्षा से उपजे आवाज़ के ग़ुस्से का असर तत्काल हुआ। साँवले से गोल चेहरे वाली एक औरत बाहर आई। बिना बोले उसने झुँझलाया हुआ चेहरा भोलू की तरफ़ किया।

''वो तरफ़।'' भोलू चहक उठा।

औरत ने उधर, उस दिशा की तरफ़ देखने की बजाय भोलू की ख़बर ली– ''ठीक से बोलो। शहर में आने का क्या फायदा? अब से मम्मिया बोला तो चार झापड़ जड़ूँगी। डैडी से कहूँगी तो अपने सुधर जाएगा।''

चार झापड़ की बात पर भोलू ने ध्यान नहीं दिया पर डैडी की बात पर वह सँभल गया।

''मम्मी! ऐ मम्मी! तू बेकार है।'' भोलू ने सँभलने के बावजूद अपना ग़ुस्सा दिखाया और पल भर में लोहे का गेट खोलकर गली के अँधेरे की तरफ़ खड़ा हो गया।

'बेकार' शब्द उछलकर पत्थर की तरह औरत की छाती में लगा। औरत ने अपनी चोट दबा ली और बाहर की तरफ़ झपटी।

''इस समय बाहर मत जा बाबू। अँधेरा हो गया है।''

जिस तरफ़ औरत खड़ी थी, उधर कुछ उजाला था। मकान मालिक के बारामदे में जलते शून्य वॉट के बल्ब के उजाले का आख़िरी हिस्सा गेट पर गिर रहा था। उनके दो कमरे पीछे की तरफ़ थे। लेकिन गेट एक ही था। इसलिए गेट का इस्तेमाल वे भी करते थे और बारामदे के शून्य वॉट के बल्ब

का भी। मकान मालिक के घर में कोई नहीं रहता था। वे लोग कभी-कभी अपना घर देखने आते थे।

भोलू की तरफ़ अँधेरा था।

"ये देखो कंचा!" भोलू ने किसी काली, गुदगुदी चीज़ को छूआ। कंचे जैसी दो आँखें चमक रही थीं।

"अरे बाप रे पाड़ा!" ख़ुशी, हैरानी और आवेग में भोलू को झपटकर पकड़ी औरत के मुँह से निकला।

"देखा, शहर में पाड़ा होता है मम्मी!" भोलू ने पाड़ा यानी बछड़े के गले में हाथ डालकर कहा।

"छूओ मत। चलो, चलो!" औरत ने भोलू को घर की तरफ़ खीचा। पाड़ा गन्दा था। मिट्टी, घास और गोबर उस पर चिपका था और इनकी मिली-जुली गन्ध उसके चारों तरफ़ लिपटी थी। गाँव में यह गंध बुरी नहीं लगती थी। शहर में आते ही बुरी लगने लगी थी। कहीं भोलू के कपड़ों में यह गन्ध चिपक न जाए, औरत को चिन्ता हुई। इसीलिए पाड़ा को देखकर हुई अपनी ख़ुशी और हैरानी को उसने दबा लिया। इसीलिए भोलू को खीचकर उसने भीतर चलने को कहा।

"गाय भी होगी?"

"होगी ही, नहीं तो दूध कहाँ से आता।"

"सब कुछ होगा, बस दिखता नहीं है!"

औरत ने बछड़े पर हाथ फेर दिया, फिर कुछ उदास हो उठी। इस इतने बड़े महानगर में गाय गोरू है, गोबर भी होगा ही। बछड़ा है तभी तो दिखा। न देखने पर ऐसा लगता रहता है कि महानगर में बछड़ा नहीं होता। बछड़ा नहीं होगा तो उसकी गन्ध भी नहीं होगी।

इस तरह सब कुछ साफ़ सुथरा होने का आभास बना रहेगा।

साफ़ सुथरा करने से, साफ़ सुथरा होने का आभास ज़्यादा बड़ा था।

इसी पर उसे अपना गाँव भी याद आया और यह भी कि बछड़ा, गाय और गोबर...ये सब पिछड़ेपन की निशानी है। औरत अपने लिए पिछड़ापन नहीं चाहती थी। उसके पिछड़ेपन के कारण ही उसे दस साल तक, गाँव में सास-ससुर की सेवा करते हुए ग़ुलामों का कठोर जीवन जीना पड़ा था। लड़का, यही भोलू छः साल का हो गया तो इसके पिता को ख़याल आया। इसके पिछड़ जाने का भय इतना भारी था कि वे भोलू को पढ़ाने शहर ले आए। पीछे-पीछे सेवा सुश्रुसा के लिए वह भी आई। आई तो इस हिदायत के साथ

कि कोई गँवई बात न सिखाई जाए, बल्कि अब तक सीखी गँवई हरकतों को झाड़-पोछकर साफ़ कर दिया जाए। भाषा में सावधानी रखी जाए, जैसे कि दूध को मिल्क बोला जाए, पानी को वॉटर, पाठशाला को स्कूल, किताब को बुक...

तभी तो लड़का अंग्रेज़ी के युद्ध में हारने से बच सकता है।

तभी तो लड़का पढ़ लिखकर बड़ा आदमी बन सकता है।

औरत ने इस पर काफ़ी मेहनत की। वह भी नहीं चाहती थी कि उसकी तरह बच्चा गँवई और पिछड़ा माना जाए। लेकिन कभी-कभी यह सब धरा रह जाता। किसी आवेग वाले क्षण में, दुख या ख़ुशी में, उसके मुँह से वही ठेठ बोली निकल जाती। तब वह कुछ शर्मिन्दा हो उठती, जैसे कि अभी कुछ देर पहले 'अरे बाप रे पाड़ा!' ख़ुशी, हैरानी और आवेग में उसके मुँह से निकल पड़ा था। उसने गँवार होने के कारण पति द्वारा गाँव में छोड़ दिए जाने का लम्बा कठोर दंड झेला था। इस दंड ने उसे सावधान किया था। भोलू के लिए वह कोई दंड नहीं चाहती थी, इसीलिए अगले पल सँभल गई।

''और इ गाय का बेबी रास्ते में यहीं रात भर बैइठा रहेगा मम्मी?''

''इ मत बोलो। और यह गाय का बेबी...''

''अच्छा, अच्छा, इसको घर ले चलो मम्मी।''

लड़के ने मम्मी को बीच में ही टोक दिया।

''पता नहीं किसका है? खोजेंगे वो लोग।''

इतने में एक मोटरसाइकिल आई और बछड़े से टकराते-टकराते बची। मोटरसाइकिल सवार ने ग़ुस्से में बछड़े को देखा और आगे बढ़ गया।

गली जैसा रास्ता है तो क्या, चौबीसों घंटे गाड़ियों का आना-जाना लगा रहता है। 'पें-पें, चें-चें' सुनाई पड़ती रहती है। कोई-कोई म्यूजिकल हॉर्न, कोई-कोई ट्रक बस जैसा हॉर्न भी बजाता है। कई लड़कों ने शौक़ में अपनी मोटरसाइकिलों का सायलेंसर निकलवा दिया है। 'फट-फट' की ज़ोर की आवाज़ गरजती भड़कती लगती है। लड़के आनन्दित होकर तेज़ चलाते हैं।

'तेज़ी' एक जीवन मूल्य था।

जो तेज़ नहीं था, वह स्मार्ट भी नहीं था।

स्मार्ट होना, आज के लोग होना था।

स्मार्ट लोग, और स्मार्ट होना चाहते थे।

इस तरह जो, जो था, उससे अलग हो जाने को बेचैन था।

"चलो, मंत्री की दुकान पर चलते हैं।"

चिन्ता के मारे औरत को दुकान के लिए 'शॉप' बोलना याद न रहा। मंत्री की दुकान इस मोहल्ले की दुकान थी।

कृपया यहाँ 'मोहल्ले' की जगह 'कॉलोनी' पढ़ें।

कारण–मोहल्ला कहने से समुदाय का बोध होता था। कॉलोनी कहने से आधुनिक, स्मार्ट और अलग लगता था।

जैसे कि आदमी, आधुनिक होकर अलग, अकेला और स्मार्ट हुआ था।

स्मार्ट का भावानुवाद करना हिन्दी भाषा वालों के लिए मुश्किल था। वह एक साथ बहुत सारे भावों, तौर तरीक़ों, पैसा रुपया बनाने की कला से लेकर जीवन शैली आदि आदि का गुच्छ था।

भोलू की मम्मी इसी राह पर थीं। स्मार्ट बन जाना चाहती थीं, नहीं बन पा रही थीं। उन्हें बछड़े की चिन्ता थी। वे मंत्री की दुकान पर पहुँचकर कहने लगीं–"भाई जी, बछड़ा एकदम बीच सड़क में बैठा है। रात बिरात किसी गाड़ी से कुचल सकता है। उसको किनारे कर देते या पता करते कि कहाँ से आया है? ख़बर कर देते उसके घर या छोड़ आते मतलब छुड़वा देते किसी से।" यह कहते कहते उनका आत्मविश्वास ढीला पड़ गया। मंत्री की तरफ़ वे जिस तेज़ी से आई थीं, वह जाती रही। आख़िरी वाक्य तक आते-आते उन्हें मंत्री पर विश्वास न रहा। मंत्री उनकी बात निश्चित तौर पर नहीं सुन रहा था।

वह उनकी तरफ़ देखता रह गया। फिर चिप्स का पैकेट निकालकर देने लगा। क्या चाहिए होगा इस औरत को? लड़के के लिए चिप्स, चाकलेट...

"बछड़ा...बछड़ा..." हाथ से चिप्स लेना इनकार करते हुए औरत ने बिना विश्वास वाली आवाज़ में कहा।

"बछड़ा!"

फिर मंत्री अपनी हैरानी दबाकर बोला–"बैठा है तो हट जाएगा।"

"बीच रास्ते में है भइया। अँधेरा है। टकरा जाएगा किसी गाड़ी से तो मर जाएगा।"

'मर गया तो हमें पाप लगेगा।' इस वाक्य को कहने से अपने को रोक लिया औरत ने।

"अरे कुछ न मरेगा इतनी जल्दी।" दुकान से झाँककर मंत्री ने बछड़े को देखा।

"भइया तुम देख तो लेते। इसके पापा तो हैं नहीं अभी..."

इसी बीच में एक औरत किसी ऐसे नाम की कम्पनी का शैम्पू माँगने लगी, जो मंत्री की समझ में न आया। उसने झल्लाकर कहा–

"ठीक है, आप जाओ। ये मैडमें भी..."

मंत्री उसका नाम था ज़रूर, जो लड़का दुकान चलाता था। लेकिन असली मंत्री वह नहीं था। असली मंत्री होता तो ख़ुद दुकान नहीं चलाता। बहुत सारी दुकानें चलवाता या सारी दुकानों के ऊपर एक ऐसी दुकान होती, जो मंत्री की होती। दुकान ऐसी वैसी न होती, मोहल्ले की तो हर्गिज नहीं। दुकान में ए.सी. ज़रूर होता। एक गद्देदार रौब गाँठती कुर्सी होती। या शायद इससे कहीं ज़्यादा, बहुत-बहुत ज़्यादा होता, इतना ज़्यादा, जिसके बारे में औरत सोच नहीं सकती थी। नकली मंत्री की कल्पना शक्ति भी वहाँ तक नहीं पहुँच पाती थी। मंत्री की कल्पना केवल ताक़तवर मालिक की बन पाती थी। ऐसे में नकली मंत्री अपने नाम का स्पष्टीकरण करते हुए इतना भर कह पाता था कि 'मालिकों से हमारी क्या बरोबरी!'

"देख लेना ज़रूर। बेचारा मर न जाए।" जाते-जाते औरत ने कहा।

'कल्लू गार्ड को बुलाता हूँ।" नकली मंत्री ने कहा।

"मेरे घर में रखना।" भोलू ने कहा।

इस पर नकली मंत्री हँस दिया।

यह सीधा सीधा कल्लूराम गार्ड का क़सूर था कि एक साफ़ सुथरी कॉलोनी के अन्दर, जिसमें मोहल्ले भर से चन्दा करके गार्ड रखा गया था और सुबह सुबह एक मेहतर भी आता था, जो हर त्योहार पर सबसे बख़्शीश माँगता था, जो अभी तक रजिस्टर्ड कॉलोनी नहीं थी, इसलिए उसका कोई पदाधिकारी भी नहीं था। इसलिए यह सीधा-सीधा गार्ड का जुर्म माना गया कि एक साफ़ सुथरी कॉलोनी के अन्दर काला बछड़ा घुसकर रास्ते में बैठ गया था। गार्ड को पता नहीं था। वह हैरान रह गया। इस बात पर नहीं कि बछड़ा कैसे आया? बल्कि इस बात पर कि उसने बछड़े को आते कैसे नहीं देखा? कोई एक ऐसा पल था जिसमें उसे नींद की एक हलकी-सी झपकी आ गई थी और वह उस एक झपकी में अपने घर के पिछवाड़े चला गया था, जहाँ वह घर का पिछवाड़ा देखकर परेशान था। इस पिछवाड़े में सारे शहर की गन्दगी समेटे बिना ढँका नाला ऊपर चढ़ आया था। उसमें पॉलीथिनों के ढेर-के-ढेर फँस जाने से उसका बहाव रुक गया था। जब नाला उफनकर बाहर आया तो पॉलीथिनों का इतना

बड़ा ढेर बाहर उलट पड़ा था कि उसका एक टीला या कम ऊँचा पहाड़ बन जाता, जिसके ऊपर पेड़-पौधे नहीं होते, न चीड़, न चिनार, न देवदार, न शाल...कुछ भी नहीं। नीले, हरे, पीले, काले...रंगोंवाले पॉलीथिन धोखेवाले पेड़-पौधे फूल बन जाते...

लेकिन रह-रहकर नाली का बदबूवाला भभका इतनी तेज़ उठता कि धोखेवाले पहाड़, धोखेवाले पेड़-पौधों, फूलों, काई और हरेपन से बदबू को दबा नहीं पाते। घरों के भीतर आदमी रोटी सेंकता तो लगता बदबू सेंक रहा है। रोटी खाता तो लगता बदबू खा रहा है। पानी पीता तो लगता बदबू पी रहा है। नहाने के लिए कैसे-कैसे पानी जुगाड़ता और नहाता तो लगता बदबू में नहा रहा है। इस तरह पानी न हुआ, बदबू हुआ। रोटी न हुई, बदबू हुई। कपड़ा न हुआ, बदबू का कपड़ा हुआ। घर न हुआ, बदबू का मकान हुआ।

न मिट्टी में सोंधी महक थी।

न गेहूँ में सोंधी ख़ुशबू।

इस तरह जीवन में नाक बन्द करना बेमाने था।

धोखे की दुनिया में घना अँधेरा था। लोग एक दूसरे को अन्दाज़ से पहचानते थे। कभी-कभी इस अँधेरे में अपने आप को पहचानना मुश्किल हो जाता। एक दिन घर पहुँचकर कल्लूराम गार्ड ने अपने तीनों बच्चों से, जो पॉलीथिन के टीले को झाड़ू की सींक से तोड़ रहे थे, पूछा–

"कल्लूराम गार्ड अब तक घर नहीं आया?"

बच्चों ने कल्लूराम गार्ड को न पहचानकर कहा–"मालिकों ने रोक लिया होगा। कोई अपनी गाड़ी धुलवाने लगा होगा, कोई गैराज साफ़ करा रहा होगा।"

इस पर कल्लूराम गार्ड को तसल्ली हुई। तब उसने मझले लड़के का नाम लेकर पूछा–"सूरजा कहाँ है?"

मझले लड़के ने एक काली पॉलीथिन सींक से निकाली और चिल्लाया–"सूरजा शहर भाग गया?"

"शहर!" कल्लूराम गार्ड उदास हो गया।

"ये शहर नहीं है?" उसने बड़के से पूछा।

"पता नहीं।" बड़का सोच में पड़ गया और पॉलीथिन निकालना छोड़कर वहीं खड़ा हो गया।

पॉलीथिनों से निकलकर बहुत सारे कीड़े-मकोड़े छितरा गए थे।

"कीड़ों मकौड़ों पर से हटो।" कल्लू गार्ड ने बच्चों को डाँटा।

बच्चों को हटा-हटाकर कल्लू गार्ड कीड़ों को पहचानने में लग गया। उसे पॉलीथिन का काला भयानक पहाड़, काला भयानक अँधेरा लगा। इसी काले भयानक अँधेरे में से बछड़ा आगे से निकल गया होगा।

"धोखे की झपकी थी।" गार्ड ने सोचा।

वह धीरे-धीरे आया और नकली मंत्री के साथ मिलकर बछड़े को खींचकर किनारे करने की कोशिश करने लगा। बछड़ा टस-से-मस न हुआ। बछड़ा अंगद का पाँव हो गया। नकली मंत्री ने बछड़े को गले से पकड़कर खींचा, उसके आगे का पाँव खीचा। गार्ड ने उसके गर्दन खींचने में गर्दन खींचा, पाँव खींचने में पाँव खींचा।

"अरे, गर्दन खींचने से मर जाएगा। पैर अकड़ गया होगा।" औरत धीरे-से चिल्लाई। ज़ोर से चिल्लाती, तब भी दोनों गले से खींचते। बछड़े ने दोनों पाँव मोड़े हुए थे, इसलिए ठीक से खिच नहीं रहा था। ठीक से इसलिए भी नहीं खिच रहा था, क्योंकि नकली मंत्री अपनी जाँगर बचाकर खींच रहा था। गार्ड अपना जाँगर छिपाकर खींच रहा था। इस तरह खिंचना खींचना रह गया। औरत का भय बेकार गया।

औरत का पति मोटरसाइकिल से आया। उसने अपनी बजाज की बढ़िया स्कूटर बेचकर सस्ती मोटरसाइकिल खरीदी थी। मोटरसाइकिल से चलना ठीक लगता था। यही नया चलन था। स्कूटर से चलना, चलना नहीं रह गया था। साइकिल से चलना गरीबी का प्रदर्शन करते हुए चलना था। और उससे भी ज़्यादा अमीर गाड़ियों से कुचल जाने के ख़तरे के साथ चलना भी था। ऐसा ख़तरा मोटरसाइकिल के साथ भी था, पर वह चलन में थी। इसके साथ का रिस्क भी चलन में था।

रिस्क, रिस्क में फ़र्क़ था।

आदमी, आदमी में फ़र्क़ था।

यही समय था।

औरत के पति की मोटरसाइकिल भी बछड़े से टकराते-टकराते बची थी। उसने घर के अन्दर, बारामदे में मोटरसाइकिल चढ़ाते हुए एक हाथ उठाकर नकली मंत्री को दिखाया, जिसका मतलब था 'खींचकर हटा रहे हो, बहुत ठीक।'

नकली मंत्री जवाब में मुस्कराया। गार्ड नहीं मुस्कराया।

"मैडम गाँव से आई है।" कोई बुदबुदाया।

जब औरत अपने पति की मोटरसाइकिल के पीछे-पीछे चली तो शब्द का एक और पत्थर उछलकर उसकी छाती में लगा। उसने फिर अपनी चोट छिपा ली। फिर बछड़े को देखने की इच्छा ज़ोर मारने लगी।

"मम्मी, गाय का बेबी भूखा होगा।" भोलू ने सोते समय कहा।

"सुनो जी, एक रोटी दे आऊँ?" औरत ने कहा।

"इतनी रात को दरवाज़ा खोलना ठीक नहीं होगा।" आदमी ने कहा।

"बस, अभी ही तो आई। गेट में ताला भी लगा आऊँगी।"

औरत ने झट से एक रोटी मोड़ी और फुर्ती से गेट से निकलकर बछड़े के मुँह के पास रख आई। गेट पर ताला बन्द करके लौटी तो पति सोने चला गया था।

"लगता है, बछड़ा रोटी नहीं खाएगा। बीमार लग रहा है।"

उसने सोते पति से कहा।

"बहुत हो गया बछड़ा, बछड़ा।" पति थका था। वह नींद से बाहर नहीं आ सकता था।

सुबह बड़ी हलचल थी। छोटी-मोटी भीड़ दिख रही थी। एक आदमी हर घर की घंटी बजाकर पैसे माँग रहा था। उसके हाथ में एक काग़ज़ था, जिस पर वह पैसा देने वाले का नाम, मकान नम्बर लिख लेता। लोग श्रद्धानुसार रुपए, पैसे दे रहे थे। यह श्रद्धा पचास रुपए से नीचे नहीं होनी थी। यह उसने साफ़-साफ़ बता दिया था। कुछ लोग ना-नुकर कर रहे थे। कुछ सीधे-सीधे पैसे कम कराने पर अड़े थे। किसी ने बछड़े पर सफ़ेद गमछा उढ़ा दिया था। कुछ गेंदे के फूल पड़े थे। वहीं बछड़े के कुछ पास एक आदमी नंगे पाँव जल चढ़ा रहा था। एक दो औरतें अचानक प्रकट हो गई थीं। वे स्टील की प्लेट में दो-चार फूल, एक-दो केला, अक्षत, रोली, हल्दी...रखे थीं। एक ने आगे बढ़कर बछड़े पर सिन्दूर छिड़क दिया। दूसरी ने कहा–"जय बाबा भोले नाथ की। उनके सेवक नन्दी बैल की जय!"

कहीं से सफ़ेद कुर्ता-पैजामा पहने एक नेतानुमा आदमी अवतरित हो गया। वह इधर उधर घूम रहा था। उसका मन भाषण देने देने को था। पर लोग थे कि समय का रोना रोकर निकल लेते थे। ऑफ़िस समय पर पहुँचना था। स्कूल समय पर जाना था। भोलू और भोलू के डैडी भी अपने-अपने काम पर निकल गए। बछड़े की वजह से इस पर असर नहीं लिया जा सकता था। तभी कहीं

से नेता जी को ज्ञान का प्रकाश मिला कि अगर जनता के पास जाना चाहते हो तो टी.वी. पर जाओ। वहाँ से सब कुछ साफ़ और पास दिखता है। नेता जी ने तुरन्त एक ख़बरिया चैनल को फोन कर के डाँटा, धमकाया कि आकर के बछड़े के साथ उनका फोटो ले और भाषण भी। चैनल वाले ने अपने किसी कर्मचारी को डाँटा कि आज या तो बछड़ा और नेता जी की फोटो या तो तुम्हारी नौकरी? कर्मचारी नौकरी का जाना अफोर्ड नहीं कर सकता था। उसे कैमरा चलाना नहीं आता था। फिर भी वह आया। उसके साथ जो आया, उसे रिकार्डिंग और रिपोर्टिंग नहीं आती थी। फिर भी वह आया। दोनों ने मिलकर चैनल को नेता प्रकोप से बचा लिया। असली पत्रकारों, रिपोर्टरों तक बात नहीं पहुँची। वे सो रहे थे। ज़्यादातर रात में चौबीस घंटों के लिए रिपोर्ट लगाकर गए थे। चौबीस घंटे ख़बर ढूँढ़ना बेमाने था। इसमें वे लोग कोई और काम कर लेते थे। कोई-कोई पत्रकारिता, मीडिया जैसे विषय कहीं, किसी कॉलेज, संस्थान वग़ैरह में पढ़ा भी आते था। इससे एक पन्थ दो काज वाली कहावत चरितार्थ होती थी।

चैनल पर भाषण दे देने के बाद वे अख़बार के पत्रकारों को फोन पर बताने लगे। यही बछड़े के अवतार की कथा। धीरे-धीरे भीड़ बढ़ने लगी। गाँव से ट्रक में भर भरकर लोग आने लगे और गदगद भाव से दूध, फल, फूल,पैसा पानी चढ़ाने लगे। जो आदमी सुबह सुबह घरों से रुपया माँगकर काग़ज़ पर नोट कर रहा था, वह अब बछड़े के पास मुस्तैदी से डटा था। पैसे रुपए ज़्यादा होने पर उन्हें धीरे से बछड़े पर से हटाता और एक थैले में डालता जाता। कुछ पैसे रुपए तब भी बछड़े पर पड़े रहते। देखते-देखते कॉलोनी में तिल रखने की जगह न रही। लोगों के लिए कहाँ स्कूल दफ़्तर जाना मुश्किल लग रहा था, कहाँ लौटना असम्भव सा लगने लगा। कॉलोनी के लोग अपनी गाड़ी मोटर दूर रोककर पैदल रास्ता बनाते हुए घर तक पहुँचने की कोशिश कर रहे थे।

"अरे भाई, जरा रास्ता। बस, यही दस क़दम पर..."

"ऐ भाई, जाने दो, सुबह के निकले हैं।"

"अरे, अरे, यही 83 नम्बर घर है, जरा हटना।"

भीड़ आस्था से ओत-प्रोत थी। पंडे और पुजारी अलग-अलग मन्दिरों से आ रहे थे। बछड़े को प्रसाद चढ़वाकर अपने मन्दिरों के आगे स्टॉल लगवा दिए थे। तमाम फूल माला बेचने से लेकर गुब्बारा, सिन्दूर, चुनरी, धूप बत्ती, माचिस, प्लास्टिक के खिलौने, तीर धनुष, सर्फ, साबुन...वग़ैरह बेचनेवाले भीड़ को

कुछ-न-कुछ खरिदवा डालने पर आमादा थे। मज़मा बदल गया था। कुछ देर पहले मुश्किल से टी.वी. चैनल को बुलाने वाला नेता खबरिया चैनलों से घिर गया था। चौबीस घंटे अब यही राष्ट्र की सबसे बड़ी ख़बर थी। कोई-कोई अपने यहाँ डॉक्टर, पुजारी और वैज्ञानिक की बहस भी चला रहा था। इस चौबीस घंटे मानो दुनिया में कुछ भी न हुआ था।

जिस औरत ने बछड़े पर सबसे पहले सिन्दूर छिड़का था, वह बाल खोलकर अस्पष्ट-सा बड़बड़ाते हुए झूम रही थी। लोग उसके पास भी कुछ न कुछ चढ़ा देते। भोलू की मम्मी लोहे के गेट के अन्दर से यह देखकर हैरान थी। यह तो गाँव में देवता आने के जैसा दृश्य था। गाँव के इस दृश्य की असलियत भोलू की माँ को पता थी। वह हैरान-सी लोहे के गेट तक आती और ये सब देखकर लौट जाती। जब तक किसी तरह भोलू और उसके डैडी अन्दर न पहुँच गए, उसे चैन न हुआ।

जो जैसे-जैसे अपने घर पहुँचता, वह डर के मारे बाहर न आता।

नेतानुमा आदमी किनारे खड़े होकर केला खा रहा था, जब एक चैनल वाले ने उसकी प्रतिक्रिया जाननी चाही। केला ख़त्म कर लेने तक चैनलवाले रुक नहीं सकते थे। वह केला मुँह में चबाते-चबाते बोलने लगा–"उ...सके माथे पर त्रिफूल खा नि...शान..." केला खाते-खाते बोलने से ऐसा निकला। इसका अहसास तुरन्त नेतानुमा को हो गया। उसने वहीं, अपने बगल में केला फेक दिया और गर्जना के स्वर में कहने लगा–"कलयुग में साक्षात नन्दी बैल आए थे। देखिए जहाँ आकर बैठे, उतनी धरती काली पड़ गई है। यह देखिए...यह इधर...' इसके बाद चैनलवाले और नेतानुमा दोनों अदृश्य हो गए।

जहाँ नेता ने केले का छिलका फेंका था, वहीं एक रोटी भी पड़ी थी।

रोटी कड़ी हो चुकी थी।

"सुबह जब ये लोग आए तो बछड़ा ज़िन्दा था। था या नहीं?" भोलू की मम्मी को जिज्ञासा हुई।

रात आई तो नेतानुमा भी आया। देर रात तक भीड़ छँट गई। बछड़े की देह से उठती बदबू अधिक सघन हो गई। धूप दीप उसे छिपाने में असफल होने लगे।

"अब और नहीं रखा जा सकता।" नेतानुमा ने कहा।

"झोंटा बाँध! सामान बाँध!" यह उसने बाल खोलकर झूमनेवाली औरत से कहा।

बाल खोलकर झूमनेवाली औरत लगातार झूमने से थक गई थी। उसकी थुलथुल काँपती देह पसीने से तर थी। वह दूध, पानी, गंगाजल, फूल और बेलपत्रों से पटी ज़मीन पर भहराकर गिर गई। आदमी, जो भारी भीड़ के बीच भी पैसे इकट्ठे करने की अपनी ड्यूटी पर तैनात था, उसने अपने साथी लड़कों और दूसरी औरत के साथ मिलकर, झटपट रुपए, पैसे, फल, फूल, बेलपत्र आदि-आदि अलगाकर थैलों में डाला और लाकर नेतानुमा के सामने रख दिया।

''गुड! चलो, गाड़ी में रखवाओ।''

नेतानुमा ने आदेश दिया। तभी उसका ध्यान आँख बन्द कर लेटी हुई औरत की तरफ़ गया।

''साली। यहाँ भी नौटंकी। उठ, चल के दारू के ठेके पर बैठ, नहीं तो तेरी लड़की को बैठा दूँगा।'' नेतानुमा ने अपने जूते से औरत की कमर पर कोंचा। औरत लड़की का नाम सुनते हड़बड़ाकर उठ गई। उससे उठा नहीं जा रहा था। लेकिन उठना ज़रूरी था।

''मालिक, आज का पैसा दे दो।'' औरत ने उठते-उठते कहा।

''चल, वहीं मिलेगा सब।'' कहकर नेतानुमा हँसा।

उसकी गाड़ी चली गई तो बाल खोल के झूमनेवाली औरत ने वहाँ से कुछ सड़े गले, छैंटनी में बेकार कर दिए गए फल उठाए और अपनी साड़ी के कोने में बाँध लिया।

सुबह फिर हलचल थी। बछड़े से उठनेवाली बदबू से लोग परेशान थे। कुछ लोगों ने नगर निगम को फोन करने की कोशिश किया था। भोलू के डैडी भी नगर निगम को फोन करते रहे। घंटी बजती थी पर कोई उठाता नहीं था। स्कूल जाने के समय बच्चे अपने-अपने बसों की तरफ़ नाक पर रूमाल रखकर गए। दफ़्तर के वक़्त लोग नाक दबाकर अपने-अपने ठिकानों की तरफ़ गए। इतने में वही आदमी फिर दिखा, जो नेतानुमा के साथ आया था और देर रात तक पैसा बटोरने की अपनी ड्यूटी पर तैनात रहा था। उसके साथ दो आदमी और थे। उनके पास लम्बा डंडा और मोटी रस्सी थी। वे जब बछड़े की अकड़ी देह के पास पहुँचे तो मक्खियाँ भरभराकर उड़ीं, दो चार कौवे चौंककर उड़े, दो एक कुत्ते भाग खड़े हुए, एक चील आकाश से तेज़ी से कुछ नीचे आती और सर्र से ऊपर चली जाती। ऐसे में उन दोनों ने बछड़े को उलट-पलटकर रस्सी से बाँधा और डंडे में फँसाकर उठा लिया। बछड़े पर पड़ा

सफ़ेद गमछा उन्होंने उसी डंडे पर टाँग लिया। दोनों ने एक एक तरफ़ से डंडे को कन्धे पर रखा और चल दिए। कुछ मुरझाए फूल इससे इधर उधर गिरकर छितरा गए।

"आप लोग नगर निगम से हैं?" किसी ने चलते-चलते पूछ लिया।

"नहीं जी, हम तो कसाईबाड़ा से आए हैं।"

दोनों आगे बढ़ गए। भोलू की मम्मी लोहे के गेट के भीतर खड़ी सुन रही थीं। उनकी आँखों में आँसू आ गए। उन्होंने तुरन्त आँसू इस तरह पोंछा कि कोई देख न ले।

रहगुज़र की पोटली

शुरुआत एक कविता थी।
सड़क पर दुर्घटनाएँ हो सकती हैं
यह सड़क का विषय नहीं था
ज़िन्दगी का है
सिर्फ़ इसलिए सड़क पर चलने को नहीं रोका जा सकता
ज़िन्दगी में चलने को भी नहीं।

बस अभी-अभी मैं इस रेलवे स्टेशन पर पहुँची थी। एक हाथ में पानी की बड़ी सी दो लीटर वाली बोतल पकड़े हुए और उसी कन्धे पर पर्स लटकाए थी। दूसरे हाथ में सामान ज़्यादा था। एक बैग था, जिसे उस दूसरे हाथ वाले कन्धे पर टंगे रहना था और एक परसाने की दुकान का बहुत चौड़े मुँहवाला झोला था, जो उसी दूसरे हाथ के साथ जैसे-तैसे घसिट रहा था। इन्हीं दोनों हाथों से अदल बदलकर मैं माँ को हाथ पकड़कर आगे बढ़ाती थी।

झोला थोड़ा भारी था। इसमें ज़माने भर के इन्तज़ाम चल रहे थे। इसमें सबसे नीचे पाँच-छह पुराने सलवार कुर्ते भी रखे थे, जो छोटी वाली बहन को देना था, इसे बीच वाली बहन जब एक बार अपनी ससुराल से घर आई थी तो चुपके से छोड़ गई थी। यह चुपके से छोड़ना ससुराल वालों के लिए था, हमें तो वह साफ़ बताकर गई थी कि जब उधर जाने का मौक़ा लगे तो ये सब छोटी को दे आना। वह थोड़ा धनी थी और कपड़े खरीदने के मामले में कुछ शौकीन भी। इसी सब में उसने अपना एक पुराना चप्पल, कोल्ड क्रीम की एक शीशी, बालों में लगाने वाले कुछ चमकीले बैकपिन और नकली सोने के

चार कड़े भी चुपके से छोड़ा था। अपने बेटे की एक मोटी पुरानी जैकेट भी छोड़ गई थी, जो जाड़ों में छोटी के किसी एक बच्चे के काम आ ही जाता। इसलिए उसे ले चलना भी ज़रूरी था। इन सबके ऊपर माँ के तमाम सामान थे। एक गरम पानी का बैग भी रखा था। वहाँ बेवजह खरीदना पड़ जाता। यह बैग बहुत पुराना था और पानी भरनेवाली जगह पर मुड़कर कटने लगा था, इसलिए इसे बहुत एहतियात से रखना पड़ा था। इस एक बैग को हम हर्गिज गँवाना नहीं चाहते थे।

माँ को हर मिनट पानी पिलाना पड़ता था। उनका गला अजीब तरह से सूखने लगता। गला जितना सूखता, घबड़ाहट उतनी ही बढ़ जाती। उनके गले में पिछले छह-सात महीने से दाने निकले हुए थे, जिसके कारण कुछ भी ठोस खाना मुश्किल था। इन दानों का इलाज कर के इस शहर के डॉक्टर हार गए थे। अब जबकि महीनों न खा सकने की हालत में, माँ के उठने-बैठने की ताक़त भी खत्म हो गई थी तब डॉक्टरों ने उन्हें लखनऊ ले जाने की सलाह दी थी। कायदे से माँ को किसी व्हील चेयर में बैठाकर यहाँ तक लाना चाहिए था, पर मैं ऐसा कोई इन्तज़ाम नहीं कर सकी। माँ भरसक चल रही थीं। उन्हें अपने से ज़्यादा मेरे झोले, बैग सहित उन्हें चलाए जाने की फिक्र थी। इसी फिक्र के कारण वे भरसक चलने जैसा चल रही थीं। उनके इस तरह चलने में चलने से ज़्यादा मेरा साथ देना महत्वपूर्ण था। उनका गला सूख रहा था पर चलते-चलते पानी माँगकर मुझे परेशान करने से वे अपने को बचा रही थीं। आख़िरकार एक झटके से मुझे कुछ खिंचा जैसा महसूस हुआ। माँ स्टेशन पर क्रम से लगीं आठ-दस कुर्सियों में उलझी हाँफ रही थीं। मैंने तुरन्त सामान वहीं रखा और जल्दी से झोले में से गिलास निकालकर उन्हें बोतल वाला पानी पिलाया। उन्होंने सिर्फ़ एक घूँट पानी पिया, फिर हाँफते हुए ही बोली—"सन्तोष क्या बोला था तुमसे?"

"कहा था, सीधा यहीं आ जाएगा।" मैंने कुछ झुँझलाकर कहा। मुझे सन्तोष का हाल पता था। माँ को भी पता था। माँ फिर भी चाहती थीं कि वह आ जाए। मतलब कि इस चाहने में भी मेरी परेशानी की चिन्ता ही थी। इसीलिए मैंने कुछ कहा नहीं। सन्तोष हमारी पाँचवीं बुआ का लड़का है। इसी शहरनुमा क़स्बे में हमारे घर से दूर एक दूसरे छोर में रहता है। कल उससे फोन पर कहा था कि 'अपनी चाय की दुकान बन्द कर के सीधे यहीं आ जाना। सुबह छह बजे की इंटरसिटी ट्रेन पकड़नी है। माँ को इस बीमार हालत में मैं ट्रेन पर कैसे चढ़ा पाऊँगी? सामान भी साथ में है।' यही सब सोचकर फोन

किया था। उसने कहा था कि 'सुबह सीधे वहीं पहुँच जाएगा। माँ को ट्रेन में चढ़वा देगा। मैं चिन्ता न करूँ।'

ऐसा कुछ और भी कहा था। माँ को रिक्शे में चढ़ाकर वहाँ तक पहुँचने की मुश्किलें उससे बताने को होते हुए भी मैंने अपने को रोक लिया। नहीं बताया। उसी सन्तोष की राह माँ की आँखों में थी।

मैंने उन्हें फिर एक घूँट पानी पिलाया और फिर उसी क्रम में हलके हलके खींचते हुए आगे बढ़ी। एक कुली से अपनी वाली ट्रेन का प्लेटफॉर्म पूछा और वहाँ तक पहुँचकर माँ को एक कुर्सी पर जैसे-तैसे बैठाया। सीढ़ी पर नहीं चढ़ना पड़ा। इसी पहले नम्बर प्लेटफॉर्म पर ट्रेन आनी थी। सुबह का वक़्त था। भीड़ कम होने की उम्मीद में मैं थी। पर नहीं, भीड़ ख़ूब थी। लगता था सारी दुनिया इसी इंटरसिटी से आज लखनऊ जाने को मचल उठी है। मैं परेशान थी। माँ को बार बार कह रही थी कि सामान देख लेतीं तो मैं जल्दी से टिकट ले आती। माँ 'हाँ' कह रही थीं। पर मैं ही जाने किस दुविधा में न जाकर इधर-उधर देख रही थी। शायद मेरे देखने में सन्तोष के चले आने की एक बची उम्मीद थी। बगल में एक लड़की बैठी थी। उसने बड़ी चुस्त टॉप और घुटनों से कुछ नीचे तक का ट्राउजर पहना था। गले में एक मोटी स्टील की कुत्ता बाँधने की ज़ंजीर जैसी ज़ंजीर थी और एक पैर में पतला-सा एंकलेट था। बाल घुमाकर पीछे अटकाए गए थे और उन्हें एक छोटा सा लकड़ी का बैकपिन खुलने से रोके हुए था। यहाँ की सब लड़कियाँ आज कल ऐसे ही कपड़े पहनती थी। लड़की रह रहकर मुझे देख रही थी। मुझसे कुछ कहने को होती, फिर रुक जाती। वह मेरे कुछ कह पड़ने की प्रतीक्षा में थी जैसे। मैं समझ नहीं पा रही थी। जैसे-जैसे यह कस्बा शहर की सज-धज में उतरता गया था, लोगों का विश्वास एक-दूसरे पर घटता गया था। ख़ासकर ऐसे कपड़े पहने लड़कियाँ ज़रूरत से ज़्यादा चतुर, तेज़-तर्रार और अविश्वसनीय हो उठी थीं।

"आप जाइए न टिकट लेने। मैं इन्हें देख रही हूँ।" जैसे मेरी दुविधा भाँपकर लड़की ने एकदम से कहा।

"बार-बार पानी पिलाना पड़ता है।"

मेरे इतना कहते ही लड़की ने मेरे हाथ से बोतल और गिलास दोनों ले लिया।

अपने भीतर उपजा अविश्वास मैं कहाँ रखूँ? मैं उसे लेकर ही चली। जल्दी टिकट मिले तो जल्दी लौटूँ। जल्दी ख़त्म हो यह भय कि मेरे पीछे से लड़की, वह भी तेज़ तर्रार लड़की इधर-उधर न चल दे, कोई सामान? सामान ऐसा था

भी क्या? लड़की के लिए तो कचरा होगा शायद? पर सामान ऐसा भी नहीं था, यही सब दुबारा खरीदने में मेरी हालत पतली हो जाती।

ख़ैर जब मैं टिकट लेकर लौटी तो लड़की माँ को पानी पिला रही थी। मैंने उसे कई बार 'थैंकयू' कहा। उसने किसी भी 'थैंकयू' का जवाब नहीं दिया। पहली बार हलका-सा मुस्कराई, फिर वह भी नहीं। एक चमकीली-सी पत्रिका खोलकर उसमें डूब गई।

समय हो ही रहा था कि तभी सामने से सन्तोष आता दिखा। उसे देखकर किसी अपने को देख लेने जैसी ख़ुशी मुझे हुई।

अपने काले चश्मे के भीतर से सन्तोष इधर-उधर देख रहा था। बाल उसने इस बीच बहुत छोटे करवा लिए थे, जैसे अभी कुछ दिन पहले मुड़वाने के बाद उगे हों। वैसे कहते हैं कि आजकल यही फ़ैशन है। इसी फ़ैशन के तहत उसने काले रंग की पैंट के साथ सफ़ेद रंग की फुल शर्ट पहना था। उसके गले में कई मोटी लोहे की जंजीरें आपस में उलझी लटकी थीं और उनमें बँधी ताबीज़ें खनखना रही थीं। एक हाथ में मोबाइल था, जिस पर किसी अज्ञात फोन के आ जाने की प्रतीक्षा में वह बार बार उसे देख लेता था।

"ट्रेन दो घंटा लेट है।" उसने आते ही सूचना दी।

ट्रेन के दो घंटा लेट हो जाने की सूचना अस्पष्ट से, घरघराते हुए बजनेवाले भोंपू जैसे किसी यंत्र से सुनाई पड़ रही थी। उसने स्पष्ट सुन लिया होगा।

"तब तो उधर भी देर होगी।" मैंने चिन्ता से कहा।

"आज कौन सा दिखा ही पाओगी! जो होगा कल ही होगा।"

"आज ही दिखाने को सोचा है।" मैंने पूरा बल देकर कहा।

"गुड्डो ने अप्वाइंटमेंट ले रखा है?" उसने छोटी बहन के लिए पूछा।

"हाँ, आपको कल बताया तो था।"

"हाँ, हाँ। वहाँ क्यों नहीं बैठ गई, वेटिंग रूम में?"

"इस टिकट से नहीं बैठने देते। जनरल तो है नहीं यहाँ।"

"लड़कियाँ आजकल इतनी तेज़-तर्रार हैं और तुम हो कि डरपोक ही रहोगी। अरे, घुस जाती, कहती कि माँ को बाहर बैठने में दिक़्क़त है। बीमार को कोई कैसे नहीं बैठने देगा?" उसने यह बात अधिक जोश में, माँ की बगल में बैठी लड़की की तरफ़ देखते हुए कही।

"कहो तो अभी ले चलें! कैसे कोई बैठने नहीं देगा? हम भी देखते हैं।" यह कहते हुए उसने अपनी फुल शर्ट की बाजू किसी फ़िल्मी अन्दाज़ में मोड़ी।

लगा कि बस, अभी कहीं, किसी युद्ध के लिए निकल पड़ेगा। इतने सब के बावजूद लड़की ने पत्रिका के भीतर चलना बन्द नहीं किया।

"नहीं भइया, यहीं ठीक है।" मैंने घबड़ाकर कहा।

"देखा, डर गई तू भी।"

इस पर मैंने कुछ नहीं कहा।

मैं खड़ी थी और माँ बैठी थीं और वह मेरे और माँ के सामने खड़ा था। वह थोड़ा-थोड़ा उस लड़की के सामने भी खड़ा था।

"ऐसा करता हूँ कि दुकान खुलवाकर आता हूँ। अभी तो दो घंटा है, तब तक छोटू कुछ काम शुरू कर देगा।" उसने कहा। छोटू चाय की दुकान पर काम करता था। बरतन माँजने से लेकर चाय बनाने तक का।

वह गया। हमारे 'हाँ', 'न' की ज़रूरत वहाँ थी भी नहीं।

मैं माँ को फिर एक घूँट पानी पिलाकर उन्हें बाथरूम ले जाने लगी। फिर मुझे लड़की से सामान देखने के लिए कहना पड़ा।

"यहाँ तो गन्दा होगा। लेडीज वेटिंग रूम में ले चलते हैं।" लड़की ने कहा।

"पर वहाँ?"

"एक मिनट रुकना!" कहकर लड़की, अपना बैग मेरे सामान के साथ सटा कर, महिला विश्रामालय की दिशा में चल दी।

"एक मिनट रुक जाओ।" मैंने माँ से कहा।

"सन्तोष को रुकना चाहिए।" माँ ने धीरे से कहा।

"चाहिए तो बहुत कुछ।" मैंने भी धीरे से कहा।

मैं सन्तोष का नहीं, लड़की का इन्तज़ार कर लेना चाहती थी।

माँ बेचैनी से उठकर चलने को हुईं। यह और भी मुश्किल है। लड़की कहाँ रह गई? अपना सामान तो है ही, ऊपर से एक वह भी अपना बैग छोड़ गई है। माँ एक हाथ से मुझे और एक हाथ से कुर्सियों को कुछ झुककर, रुक-रुककर, पकड़ते हुए दो-चार क़दम चलीं, फिर वापस अपनी जगह पर बैठ गईं। ताक़त तो है नहीं। शरीर काँटे की तरह सूख गया है। जहाँ से छूओ, चुभता है।

"चलिए।"

अचानक मेरे कन्धे पर हाथ से थपककर लड़की ने पुकारा। वह कब, किस फुर्ती से आई, मुझे दिखा तक नहीं। उसी फुर्ती से झुककर अपना बैग और मेरा झोला उठाकर चल पड़ी। 'अरे, अरे, मेरा झोला भी' पर कहा मैंने कुछ

नहीं। अपना बैग, पानी की बोतल, पर्स और माँ को सँभाले मैं एकदम आज्ञाकारी की तरह उसके पीछे-पीछे चलती हुई वेटिंग रूम में पहुँची।

''इन्हें यहाँ लिटा दीजिए।'' जब मैं माँ को बाथरूम से लेकर लौटी तो लड़की ने संकेत से एक लम्बी चौकी जैसी जगह दिखाया।

लड़की वेटिंग रूम के एक कोने की कुर्सी में धँसकर अपनी उसी चमकीली पत्रिका में घूमने लगी, जबकि मैं माँ को लिटाने के बाद उससे बात करना चाहती थी।

''आप लखनऊ...?''

''हाँ।''

''गाड़ी बादशाह नगर रुकेगी?''

''हाँ।''

''मैं पहली बार जा रही हूँ। बादशाह नगर उतरना है।''

''बता दूँगी।''

''माँ को ट्रेन में चढ़ाने में दिक़्क़त हो सकती है।'' मैंने माँ की तरफ़ देखकर कहा।

वह कुछ नहीं बोली। 'मैं हूँ न', 'मदद कर दूँगी', 'मैं सामान देख लूँगी, आप चढ़ा देना' ऐसा कोई भी वाक्य, जिसकी मैं उम्मीद कर रही थी, नहीं फूटा, तो मुझे अच्छा नहीं लगा। यह 'अच्छा न लगना' में न जाने किस अधिकार से कह रही हूँ।

समुद्र की लहरों जैसी उमड़ती चली आती अपार भीड़ में मैं सामान सहित माँ को लेकर एक बोगी से दूसरी बोगी तक बढ़ती पर लगता कि किसी में भी चढ़ नहीं पाऊँगी।

''किसी में भी चढ़ जाओ! सब इंटरकनेक्टेड है।'' लड़की ने मेरा बैग मुझसे छीनते हुए कहा और एक झटके में अपने बैग के साथ मेरा बैग भी ट्रेन में चढ़ गए लोगों के बीच फेंक दिया। वह कूदकर अन्दर चढ़ी और इशारे से मुझसे मेरा झोला माँगने लगी।

''जरा एक मिनट अपने को सँभालिए।''

हालाँकि वे नींद, बीमारी, थकान से जूझते हुए खड़ी नहीं रह पा रही थीं, पर फिर भी मुझे उन्हें सिर्फ़ एक क्षण के लिए छोड़ना पड़ा। उसी एक क्षण में मैंने अपना झोला, पानी की बोतल वग़ैरह लड़की की तरफ़ उछाल दिया। फिर माँ को।

माँ एक गेंद थीं, जिन्हें उछाला गया था पर जो पृथ्वी के पार नहीं जा सकती थीं।

कोई भी गेंद पृथ्वी के पार नहीं जा सकती थी।

"अन्दर जाकर जगह देखो!"

मैं जगह के लिए दौड़ी। लेकिन हमसे तेज़ दौड़नेवाले थे। अन्दर जगह ठसाठस भरी थी। प्लेटफॉर्म पर जगह खाली हो गई थी। भयानक असन्तुलन। जब बाहर भरा था, अन्दर खाली था। अन्दर भरते ही बाहर खाली हो गया था। यही जीवन था। एक साथ अन्दर और बाहर भरा-भरा नहीं चल सकता था।

मुझे जगह नहीं मिली तो बड़ी शर्मिन्दगी लगने लगी। मैं लड़की से कैसे कहूँ कि एक जगह खोज पाना मेरे लिए सम्भव न हुआ।

"यहीं रुकते हैं।"

इस तरह मुझे रुकने का निर्देश देकर वह लोगों को लाँघती, फलाँघती आगे निकल गई।

"ऐ बुचिया, तनि पानी देव..." एक बर्थ का किनारा पकड़कर माँ पानी माँगने लगीं। ट्रेन चलने चलने को थी। भीड़ धक्का मुक्की कर के आगे-पीछे आ-जा रही थी। इसी धक्का-मुक्की में मेरा बैग और झोला खिसककर कभी आगे, कभी पीछे और कभी किसी अदृश्य जगह तक चला जाता। मैं सामान टिकाने की कोशिश करने लगी और लड़की थी कि आगे जा चुकी थी।

"अभी देती हूँ, बस, अभी।" मैं माँ से कह रही थी और लड़की थी कि जगह की उम्मीद का एक तिनका पकड़े भीड़ में तैर गई थी।

"जाती है तो जाए।" मैंने मन में सोचा। वो होती कौन है मुझे ऐसी जगह रुक जाने का निर्देश देनेवाली? उसकी मर्ज़ी से चलूँगी क्या मैं? और वह भी, जब उनकी मर्ज़ी होगी, बोलेंगी, आदेश देकर निकल लेंगी और मैं? बेवकूफ़ समझ रखा है मुझे? गँवार समझती है? मुझसे ज़्यादा बड़ी तो नहीं होगी? होगी भी तो मुझे क्या? तेज़ तर्रार लड़की कहीं चल दी होगी, क्या ठिकाना? और मैं? ऐसी जगह हूँ, जहाँ एक बच्चा खिड़की से पेशाब कर रहा है, एक आदमी के हाथ की चाय छूटकर किसी समय गिर गई होगी, उसका चिपचिपाता गीलापन सतह पर फैला है। एक बूढ़ा बूढ़ी इसी में मूँगफली छीलकर खा रहे हैं। तीन लड़कियाँ इसी में अड़सती हुई हँस रही हैं। चार-पाँच बच्चे इसी में ऊपर से नीचे चढ़ उतर रहे हैं। अनगिनत सामान के साथ अनगिनत आदमी इसी में अपनी ज़िन्दगी को ठीक कर ले जाने को अड़े हुए हैं। इसी में तमाम

तिलचट्टे सपरिवार आना जाना लगाए हुए हैं एक बहुत छोटा-सा सुन्दर चूहा भागा है अभी-अभी। एक बच्चा उसके चलने की दिशा में ख़ुशी से चीखते हुए चलना चाहता है लेकिन बच्चा गिर गया है, रो रहा है और उसके रोने को उसकी माँ रोक लेना चाहती है। इसी में मैं पानी लेकर माँ तक पहुँचने की कोशिश कर रही हूँ।

अचानक एक आठ-नौ साल की लड़की किसी को दाँत काटकर भागी है। किसको? यह नहीं दिखा। केवल धड़ाधड़ थप्पड़ खाती लड़की दिखाई पड़ी। इससे एक अजीब हलचल मच गई। लोग लड़की को देख लेना चाहते थे।

"पागल है।" किसी ने कहा। मुझे लगा कि मुझे कहा है! या कि किन्हीं लोगों ने मेरी माँ को कहा है! मुझे सन्तोष का ध्यान आया। तुरन्त ही उस बीती हुई सात-आठ साल की उम्र का भी। बीती हुई उम्र में लड़की उस दिन जब घर में घुसी तो उसने देखा कि दो औरतें गाली बकती हुई उसकी माँ को मार रही थीं। माँ फटे गले से उन्हें ऐसी ऐसी गालियाँ देकर अपने को बचाने की कोशिश कर रही थी, जो लड़की की याददाश्त में कभी नहीं थीं। माँ पूरी तरह घिर गई तो लड़की ने उसे छुड़ाने के लिए अपने नन्हें हाथों से दोनों औरतों को खींचा पर औरतें उसके बल के ऊपर थीं। औरतों के हाथों जब लड़की छिटका दी गई तो वह मुड़कर दुआर तक गई और उसने वहाँ पड़ा अपनी दादी के साथ रहने वाला ठिगना, चिकना और ठंडा डंडा उठाया और पूरे वेग से अन्दर आई। ले दनादन...उसने दोनों औरतों की पीठों, पैरों पर और डंडा जिस भी तरफ़ गया, चला दिया। माँ छूट गईं। लड़की नहीं छूट पाई।

माँ को बचा ले जाने का कुछ गर्व भी था लड़की को।

गर्व का हर्ज़ाना तुरन्त भरना था।

लड़की दो औरतों के हाथों पिट रही थी। इसमें एक पाँचवें नम्बर वाली बुआ थीं।

"मन्ना, भाग!" सन्तोष ने तब ज़ोर से कहा था और बाहर जाकर चिल्ला चिल्लाकर रोने लगा था। उसके रोने से लोग जुट गए थे। तब मुझे लगा था कि सन्तोष मेरी तरफ़ है।

मैं तीन लड़कियों, चार औरतों और एक बूढ़ा-बूढ़ी को प्राणायाम के बारे में बता रही थी, जब लड़की आकर मेरे पीछे खड़ी हो गई।

"मुझसे भस्त्रिका नहीं होता?" बूढ़ी ने कहा।

"माता जी आप भस्त्रिका, कपालभाति क्यों करेंगी? आप तो बस अनुलोम विलोम करिए। देखिए मेरी माँ को, अनुलोम विलोम के कारण अब तक जीवित बची हैं।" मैंने ऐसा कहते ही सोचा कि मेरी माँ के जीवित बचे रहने का वाकई क्या कारण है?

"एक बार तुम ठीक से कर के हमें सिखा दो बेटा! टी.वी. में देखकर सीखा था।" बूढ़े ने कहा।

लड़कियाँ मचल उठीं–"हमें करना चाहिए या नहीं?"

"सब कर सकते हैं। लेकिन यहाँ कैसे बताऊँ?"

"अरे, इनकी माता जी बीमार हैं, उन्हें बैठाओ तो।" साइड बर्थ पर अड़से किसी आदमी ने ज़ोर से कहा और उठकर खड़ा हो गया। उसने सोचा होगा कि उसके उठ जाने से माता जी के लिए जगह बन जाएगी पर ऐसा नहीं हुआ, उसके उठते ही अड़ी हुई जगह खुलकर बगल की जगहों में विलीन हो गई।

"आइए, माता जी आइए।" उसने माता जी को अड़साने की कोशिश की पर विलीन हुई जगह वापस नहीं आ रही थी और माता जी घबराहट के मारे बेहाल थीं।

"सब बच्चों को ऊपर भेजो, जगह बनाओ।"

"आप बताते रहो जी।" आदमी ने कहा।

"अभी आपके लिए जगह बनाते हैं।" एक और आवाज़ आई।

बच्चे ऊपर ही थे। लड़कियाँ भी ऊपर चढ़ गईं, माँ को बैठा लिया गया।

"आप भी बैठ जाओ।" एक औरत ने अपने पास जगह बनाकर कहा।

"हाँ, बैठ जाइए।" मैंने अपने कुछ पीछे खड़ी लड़की से कहा।

"आप बैठिए।" लड़की ने आँखों से कहा।

"मेरी बहन।" मैंने लड़की का हाथ पकड़कर औरतों की तरफ़ देखा।

"अरे, आओ, आओ, इसी में अँट जाओगी। तुम तो दुबली पतली हो।" औरतों ने उसे अपनी जगह में समेट लिया।

"और तुम?" लड़की की आँखों में प्रश्न था।

"इन्हें जाते ही ऑफ़िस ज्वाइन करना पड़ेगा। इसीलिए।"

"तुम्हें कैसे पता?" लड़की ने चौंककर मुझे देखा।

आधा गिरती हुई मैं भी बर्थ के किनारे अटक-सी गई, अनुलोम विलोम सिखाते हुए।

"आगे कहाँ के लिए जाना है?" बादशाह नगर उतरने के बाद लड़की ने पूछा।

"इन्द्रानगर के लिए। कोई ऑटो रिक्शा मिलेगा यहाँ से?"

"हाँ, इधर आइए।" लड़की अपने बैग के साथ मेरा बैग लेकर चल रही थी।

सड़क पार कर हम खड़े होकर ऑटो रिक्शे का इन्तज़ार करने लगे। इतने में एक मोटर साइकिल आकर हमारे पास रुकी।

"अरे, आ गए तुम।" लड़की ने कहा।

"यहाँ आ गई और मैं वहाँ ढूँढ़ रहा था। थैंक गॉड! तुम बैगन बैगेज के साथ दिख गई।" लड़के ने शिकायत की।

"सुनो, पहले एक ऑटो लेकर आओ!"

लड़के ने अब हैल्मेट के भीतर से झाँकती हैरान सी आँखों से हमारी तरफ़ देखा।

"मेरी आंटी। बीमार हैं।"

"ओह। अभी लाया।" मोटरसाइकिल मुड़ गई।

"वहाँ कोई दिक़्क़त तो नहीं होगी? मतलब डॉक्टर..."

"नहीं, गुड्डो है, मेरी छोटी बहन। अप्वाइंटमेंट लिया हुआ है।"

मैं माँ को लेकर मोटरसाइकिल के साथ आए ऑटो रिक्शे में बैठ गई।

"ऐसी ही होती हैं आज कल की लड़कियाँ ।" माँ बड़बड़ाने लगीं। लड़के का आना उन्हें नागवार गुज़रा था।

"चुप रहो, माँ!" मैंने ग़ुस्सा कर कहा।

लड़की कहीं उनका बड़बड़ाना सुन न ले। मुझे चिन्ता हुई। मैंने ऑटो से झाँककर देखा। वह हाथ हिला रही थी। मैंने ख़ुश होकर हाथ लहरा दिया। विदा, एक अजनबी अपनी।

महबूब ज़माना और ज़माने में वे

"आज इन्द्रदेव की मेहरबानी होगी।" रामसू ने अपने फैले सामान वाली दुकान के आगे बैठे ग्राहक को उठाकर एक कंघी पकड़ाई।

"चलो, मौसम कुछ अच्छा तो हुआ। इतने दिनों से वैसे भी चैन कहाँ है? चार दिन के कर्फ़्यू के बाद आज बाज़ार लगा है।" रहमत अली की आवाज़ पिछले दिनों की स्मृतियों से निकलकर आई।

"ये चलेगा कुछ दिन?" ग्राहक ने बात के बीच में टोका।

"हाँ, हाँ, टिकाऊ है, बढ़िया माल है। इस्तेमाल कर के देखिए।"

इतना कहकर रामसू ने एकदम से मुँह मोड़ा और सामने से गुजरती भीड़ के लिए चिल्ला पड़ा–"दस रुपया, दस रुपया, हर माल, दस रुपया। आओ जी, आओ जी।"

भीड़ से कुछ निगाहें उठीं और उसके सामने फैले सफ़ेद रंग की मोटी पॉलीथिन पर बिछे रंगों पर सरकते हुए आगे निकल गईं।

"सब इस तरह न उठाओ भइया, जो लेना हो, वही देखो।" रामसू कुछ झल्ला गया। शायद भीड़ के यूँ ही गुज़र जाने से या इस आशंका से कि लड़का कोई सामान उठाकर भीड़ में गुम न हो जाए, या शायद पिछले दिनों कोई बिक्री न होने से या शायद बिक्री की बनी एक उम्मीद के इस तरह टूट जाने से या शायद इन सारे कारणों से।

इतने में दो तीन लड़के और आ गए। लेकिन वे रामसू के फैलाए पॉलीथिन को पार करके रहमत अली की पॉलीथिन के आगे बैठ गए।

'तेरी ही क़िस्मत अच्छी है' इस भाव से रामसू ने रहमत अली को देखा। उसके सामने बैठे लड़के ने कंघी छोड़ दी और आगे बढ़ गया।

"क्या हुआ भई, कुछ भी पसन्द नहीं आया?" रामसू ने धीरे से कहा और कुछ दूर आगे फुटपाथ पर इसी तरह सामान बिछाए बैठे अपने साथियों की ओर देखा। उनके सामान कुछ अलग तरह के थे। एक के पास स्टफ्ड ट्वॉयज थे, तो किसी के पास मोमबत्ती के छोटे बड़े स्टैंड और किसी के पास फोम के, नकली लेदर के छोटे बड़े पर्स, चप्पलें, प्लास्टिक के खिलौने...। लेकिन रहमत अली और रामसू के सामान लगभग एक जैसे थे। दूर वाले साथियों के सामान के दामों में भी अन्तर था पर रामसू और रहमत अली के सामान के दाम भी एक जैसे थे। हर माल मिलेगा दस रुपए वाला। इनके पास 'की रिंग' थी, दस रुपए वाली, इनके पास वॉलेट और छोटे पर्स थे, दस रुपए वाले, इनके पास भी मोमबत्ती स्टैंड थे, पर दस रुपए वाले, कंघी, बालों में लगानेवाले हेयरपिन, रबरबैंड, क्लचर वग़ैरह...सब दस रुपए वाले।

इसलिए जब सब साथी मिलते थे तो आपस में यह सलाह देते-लेते थे कि रामसू और रहमत अली को दूर-दूर बैठना चाहिए। पर रामसू और रहमत अली दूर बैठने के फ़ायदे को जानते हुए भी दूर नहीं बैठ पाते थे। बचपन की गाढ़ी दोस्ती थी, दिनभर की धूप बारिश में दो-चार वाक्यों का बड़ा सहारा था। परदेश में होने का अहसास भी जरा कम हो जाता था। अभी ज़्यादा दिन नहीं हुए थे, महीना भर बीता होगा शायद। दस बारह लोग एक साथ काम खोजने यहाँ चले आए थे। कुछ लोग उनसे भी पहले आए थे। वे तो अब अपना परिवार भी ले आए हैं। अब ये भी थोड़ा सँभल जाएँ तो सोचेंगे परिवार लाने को। तब तक शायद थोड़ी हिम्मत भी आ जाएगी, तब रहमत अली और रामसू अलग-अलग बाजारों में अपनी पॉलीथिन बिछाने लगेंगे। वैसे उनके सपने में एक ठेला भी है। ठेले पर साज सामान है। साज सामान के साथ चलते रामसू हैं। उनका तो नाम था भी राम सुयश पर ज़माने ने उन्हें सुयश से नवाजा ही नहीं।

रहमत अली रह-रहकर भावुक हो जाते हैं, दूर से भी अपने साथियों को देख-देख लेते हैं। ख़ासकर उसमान को, जो उनका रिश्तेदार है और ख़ासकर उस पगले से कलुआ को, जो उसमान का जिगरी यार है, और ख़ासकर उस पलटुआ को, जिस पर वे रोज़ गुस्साते हैं नियम से। पता नहीं कब साला होशियार होगा? और ख़ासकर राम सब्र को, जिसे सब्र से रहने का जरा शउर नहीं और इस तरह उनके ख़ास में बड़े ख़ास चेहरे घुस आते हैं।

"बरखा बुन्नी पड़ा तो क्या होगा साले के भरवा खिलौने का?" कहकर वे हँसे।

थोड़ा-सा रामसू भी हँसे, फिर एक ग्राहक से उलझ गए।

सामने की दुकान में ज़ोर-ज़ोर से टी.वी. चलता रहता है। कभी जब सामने, पॉलीथिन के पार कोई नहीं होता है, तब रहमत अली उसी टी.वी. में घुस जाते हैं। चाहे फ़िल्मी गाना आ रहा हो तो, चाहे कोई नई पुरानी फ़िल्म आ रही हो तो, चाहे विज्ञापन चल रहा हो तो, चाहे नेशनल जियोग्राफिकल चैनल चल रहा हो तो, चाहे न्यूज़ आ रहा हो तो...

"न्यूज कौन आजकल फ़िल्म से कम है!"

रहमत मियाँ की राय है। जो दिखे वही देख लो वाला ज़माना आ गया है।

सामने न्यूज़ चल रहा है। रहस्यमय लोक के बारे में दिखा दिखाकर उसमें सच का यक़ीन भर देने वाले चैनल भी शहर में कुछ दिन पहले हुए सीरियल बम ब्लास्ट पर फोकस किए हुए हैं। कैसे ब्लास्ट हुआ? कब और कितने बज कर, कितने मिनट पर हुआ, फोरेंसिक रिपोर्ट क्या कहती है? कैसे प्रशासन छान बीन में जी जान से जुटा है? देश की सबसे बड़ी ख़ुफ़िया एजेंसी बुलाई गई है जाँच के लिए। लोकल चैनल भी लगातार यही दृश्य दिखाए जा रहे हैं। बड़े-बड़े नेता बहुत साफ़ शफ़्फ़ाफ़, महँगे कपड़े पहने, पूरे सजे-धजे पर्दे पर बार-बार आ-जा रहे हैं। कभी राज्यपाल कड़े शब्दों में आतंकवाद की भर्त्सना करते हुए गम्भीर बने खड़े हैं, तो कभी पक्ष और विपक्ष के नेता गरज रहे हैं। कभी मुख्यमंत्री का सिंहनाद हवा में गूँज रहा है कि "इस बार किसी को बख़्शा नहीं जाएगा।" यह गर्जना करते हुए मुख्यमंत्री की तसवीर बार-बार पर्दे पर उभर रही है। मुख्यमंत्री अड़ गई हैं। पुलिस के बड़े अधिकारियों से लेकर छोटे तक का तबादला निश्चित कर दिया गया है, बल्कि पुलिस के बड़े अधिकारियों के सिर पर तो निलम्बन की तलवार भी लटक रही है।

हरे रंग की बत्तीवाली गाड़ी में जिलाधिकारी महोदय यहाँ से वहाँ, वहाँ से यहाँ दौड़ रहे हैं। वे जिधर-जिधर दौड़ते हैं, उनके सिर पर टँगी हुई तलवार भी उधर-उधर दौड़ती है। डी.एम. कार्यालय के फोन लगातार बजते हैं। विधानसभा, सचिवालय...के फोन लगातार बजते हैं। शहर के सारे कार्यालयों के सारे फोन लगातार बजते हैं। इधर-उधर पुलिस छाई हुई है। सड़कों पर पुलिस, चौराहों पर पुलिस, मोहल्लों में पुलिस, बाज़ार में पुलिस, हलवाई की दुकान, चप्पल की दुकान...शहर पुलिसमय हुआ है।

उधर आतंकवाद के समूल नाश के लिए कटिबद्ध नेता समवेत स्वर में कह रहे हैं–"हटा दो इन्हें। फेंक दो बाहर। पकड़ो उन्हें। मारो उन्हें। ख़त्म कर दो उन्हें। इसके लिए हमें कुछ भी करना पड़े तो करेंगे।"

विपक्षी नेता झुँझलाए हुए हैं–"सरकार गिरानी पड़े तो गिरा देंगे। देश संकट में है। आतंकवादी खुले घूम रहे हैं। फेल हुई है ये सरकार। आतंकवाद को रोकने में नाकाम है सरकार।"

चैनलों पर चलता रहनेवाला कैसा भी मनोरंजन अब आतंकवाद की रोमांचक कहानी पर केन्द्रित हो गया है।

एक पुलिस कमिश्नर का साक्षात्कार चल रहा है। वे पत्रकारों की भीड़ के द्वारा बार-बार पूछे जाने पर भी बिना घबड़ाए एकदम सधे शब्दों में कहे जा रहे हैं कि "सब बता दिया जाएगा। इनवेस्टीगेशन की रिपोर्ट आने दीजिए। हाँ, हाँ, हम सफलता के नजदीक हैं।"

बोलते हुए वे बार-बार अपने सिर को, अपने एक अदृश्य हाथ से छूकर देखते हैं। शायद अपने सिर पर लटकी तलवार को महसूस कर लेते होंगे। महसूस कैसे न करें, हफ़्ते भर का दिया गया समय खत्म होने को है। 'करो या मरो' की स्थिति बनी हुई है।

चैनल तरह-तरह के चमकदार शीर्षकों में ढालकर आतंकवाद की कहानी सुना रहे हैं। कैसे इस आतंकवाद के तार दिल्ली, गुजरात, बंगलौर, हैदराबाद, मेरठ से होते हुए लखनऊ, फैजाबाद तक जुड़े हैं। कोई शहर, कोई मोहल्ला सुरक्षित नहीं रह गया है। कहीं भी, कभी भी हो सकते हैं आतंकवादी। शीर्षक है–'सावधान! तुम्हारे आसपास हैं आतंकवादी।'

रहमत ने घबड़ाकर अपने आसपास देखा। कोई छूटा हुआ बैग, कोई सामान, कोई संकेत...'होगा, ज़रूर होगा' पर रहमत हैं कि पहचान नहीं पा रहे हैं। यह रहमत ने मन में सोचा और एक तरह से रामसू की तरफ़ से भी अपने मन में निर्णय लिया कि वे इस बात का बराबर ख़याल रखेंगे। किस बात का? यही कि कहीं कोई संकेत आतंकवादियों का दिखे तो...'या अल्लाह, न ही दिखें' मन में उन्होंने यह भी कहा।

"हे भगवान!" रामसू ने अपने आप से कहा।

"इनके पास कोई काम-धाम नहीं।" रहमत ने उनकी बात को अपने मन के तार से जोड़ा। लेकिन रामसू उनके मन के तार से जुड़कर भी अपने ग्राहकों में ही उलझे रहे तो उन्हें ज़ोर से बताना पड़ा।

"देखो रमसू, यही लोग बम फेके रहे।"

"बाप रे, कैसे कर पाते हैं?" रामसू ने एक नज़र टी.वी. पर डाली।

"दया, रहम नाम की कोई चीज़ नहीं रह गई है।"

"न रे, बिलकुल नहीं।"

"कहीं भी हो सकते हैं ये।" रहमत ने अपने मन का डर थोड़ा-सा खोला।

"होयें, हम जान थोड़ा पाएँगे?"

"अरे, किसी लावारिस बैग से, किसी डिब्बे, किसी सामान से..."

"खाने की पोटली से तो नहीं न।" रामसू हँसे। रहमत को अच्छा नहीं लगा। इतनी संजीदा बात हँसने के लिए थोड़े न है।

"तुम समझ नहीं रहे हो।" उन्होंने थोड़ा ग़ुस्सा कर कहा।

"देखो, उनका फोटू भी दिखा रहा है।"

"कोई देखा नहीं था उनको, तो कैसे बनाया इ फोटू?"

"पता नहीं किस आधार पर बना देते हैं?" सामने खड़े लड़के ने कुछ आराम से उनकी बात सुनते सुनते उसी में जोड़ दिया।

"पता नहीं क्या? अरे भइया, पुलिसवालों को सब पता होता है।"

"पहले से देखे रहते हैं क्या?" लड़के ने व्यंग्य से कहा।

हालाँकि रहमत को यह बात बहुत नहीं भायी, पर वे इससे मुकर भी नहीं पाये। उन्होंने सिर हिला दिया, जिसमें 'हाँ' और 'न' दोनों से मिलकर बना हुआ कन्फ्यूजन था।

हाँ, भई, माजरा क्या है? वे थोड़ा थोड़ा सोचने लगे।

"पता नहीं भई, पर सुराग वुराग तो मिलता होगा न उन्हें।"

"बेवकूफ बनाते हैं सब।" लड़के इत्मीनान से हँसे और आगे बढ़ गए। लड़कों के इस तरह इत्मीनान से मजे लेकर हँसने और हँसते हुए आगे निकल जाने से रामसू फिर बड़बड़ाए, परे रहमत ने उन्हें कुछ ऐसे शक से देखा, जैसे 'कहीं भी, कोई भी हो सकता है', वाला शक होता है। ऐसे हँसना भरे बाजार? ये भी तो? हो भी सकता है। इनके पास कोई बैग, डिब्बा नहीं दिखता, फिर भी। कुछ भी हो सकता है, कहीं भी, कभी भी। ऐसी कोई ध्वनि टी.वी. से निकलकर सबके जेहन में बैठ रही थी।

"रहमता, खाने की पोटली छुपा दे, नहीं तो कोई उसी की बिना पर।"

"रहने दे, डरा मत। खाने को कोई नहीं छुएगा।"

कहने को तो कह दिया, पर रहमत चौबीस घंटे चल रहे न्यूज़ पर से अपना ध्यान हटा नहीं पाये। 'संदिग्धों के स्केच जारी' शीर्षक से पता नहीं किन लोगों के रेखाचित्र बार बार दिखाए जा रहे थे। स्केच के चेहरे जब दिखाए जाते तो वे बड़े हैरान रह जाते। चौड़े चेहरे में चौड़ी नाक, तो किसी के बाल लम्बे और माथा चौड़ा, किसी की मूंछे लम्बी, कोई बिना मूंछ के। चौबीस घंटे तो चलेगा ही दिखाना, शायद कई दिन चले।

"तुम्हरे बाल भी लम्बे हैं।" रामसू ने रहमत की चुटकी ली।

"हाँ, तुमका मज़ाक़ सूझ रहा है, वहाँ लोग बिलबिला रहे हैं। हमको मिल जाते आतंकवादी तो सालों का मार के कचूमर निकाल देते।"

"उनके पास बहुत हथियार होता है। हम उनका क्या बिगाड़ सकते हैं? हम तो...हर माल...दस रुपए...दस रुपए..." रामसू किसी ग्राहक को पास आता देख अपनी पुरानी धुन में चिल्लाने लगे।

"बढ़िया माल...अच्छा माल...आओ, आओ, सस्ते में ले जाओ..."

रहमत ने तुरन्त धुन में धुन मिलाया।

ग्राहक रुका नहीं।

"आज फाका लिखा है।" रामसू ने अपने दूर के साथियों की तरफ़ दूर से देखा।

"उनका ठीक जा रहा है।" रहमत ने भर निराशा से कहा।

"क्या जाने, उधर भी धोखा चल रहा हो। इतनी दूर से क्या पता लगेगा?"

"धोखा, धोखा, सब जन धोखा।" रहमत ने माल की हकार लगाते अन्दाज़ में ही कहा।

"अबे, आज खाने में धोखा खा के रहेगा? चल आ जा, दो बज गए।"

रहमत को तो सुबह से इन्तज़ार था, खाने के इस वक़्त का। वे झट से अपनी पॉलीथिन के पीछे से सरके और खुली हुई तमाम चीज़ों से दबी उस निरीह सी लगती पॉलीथिन पर नज़र गड़ाए गड़ाए रामसू की तरफ़ आ गए।

"बड़ा हड़बड़हा है रे।" रामसू ने टोका। रहमत लाल रंग के कपड़े में बँधी, अख़बार के काग़ज़ में लिपटी रोटी खोलने लगे थे। वे रुककर रामसू का मुँह देखने लगे। अब ये क्या? चिढ़ाने की कोई बेला है ये?

"ऐ रहमता, उधर देख।"

अब रहमत ने देखा। सामने की दुकान के आगे आइसक्रीम की मशीन लगी हुई है। भीड़ हर दम वहाँ ख़ूब रहती है। लोग बाज़ार से आते हुए या जाते हुए एक कोन आइसक्रीम यहाँ से खा ही लेते हैं। बच्चे ही नहीं, उनके माँ-बाप भी। अधेड़, बूढ़े, जवान सब। कोन खाती भीड़ के पीछे-पीछे एक और भीड़ घूमती है, भिखमंगे बच्चों की भीड़। ये भीड़ आइसक्रीम खाती भीड़ का खाना कभी-कभी दूभर बना देती है, तब दुकान से एक मज़बूत काठी वाला जवान लड़का निकलकर आता है और ज़ोर से जाने क्या कहता है कि पीछे-पीछे वाली भीड़ तितर-बितर हो जाती है। लेकिन नहीं, ज़्यादा देर के लिए नहीं। बस, क्षण,

दो क्षण को, फिर हाज़िर। चुनौती लहराती। आओ, आओ, मज़बूत काठी वाले जवान लड़के, हमें भगाओ! फिर, फिर भगाओ! फिर फिर आने के लिए भगाओ! मज़बूत काठी वाला जवान लड़का मुँह उधर कर लेता है।

पहले मामला कुछ अलग था। कोई कोई कभी-कभी एक दो रुपए उनकी तरफ़ उछाल देता था या कभी आइसक्रीम भी। पर लोग अब अधिक समझदार हुए थे। बुद्धि से जगमगाते लोग। अब लोगों के पास तर्क थे। तर्क थे कि 'इन्हें काम करना चाहिए' या 'ये ग़लत आदत छुड़ानी होगी' या कि 'ये भीख माँगने का धन्धा ख़ूब फैल रहा है, बन्द करना होगा इसे, नहीं तो किसी के घर के बच्चे चुराकर हाथ पैर तोड़कर भीख मँगवाएँगे ये' या कि 'हिन्दुस्तान का सत्यानाश इन्हीं भिखमंगों ने किया है' या कि 'यही हैं आतंकवाद की नई पीढ़ी' आदि, आदि, आदि।

तो इनके पास भी तर्क हैं। कोई क्या कर लेगा? से लेकर, कोई कितना कर लेगा? तक का अदम्य तर्क।

''कौन लोग छोड़ जाते हैं इन्हें?'' पूरी घृणा से एक महिला ने अपने बच्चे को अपने पास खींचते हुए कहा।

''अरे यार, इतने एन.जी.ओ. खुल गए हैं, सर्व शिक्षा अभियान पर सरकार करोड़ों खर्च कर रही है, पर ये लोग पढ़ना ही नहीं चाहते।'' किसी ने कहा।

''तुम लोग पढ़ने क्यों नहीं जाते?''

कमर के नीचे सरकती जींस और नाभि दर्शना, बाँह कटे टॉप में एक लड़की और कुछ वैसे ही कपड़ों में सजा एक लड़का साथ में खड़े आइसक्रीम चाट रहे थे। उनमें से थोड़ा-सा झुककर लड़की ने पूछा। झुकने से लड़की की पीठ पर पड़ा बाँहहीन छोटा टॉप ऊँचा उठ गया और उसकी थोड़ी सी गेंहुए रंग की पीठ अनावृत्त हो गई। चूँकि लड़की पीछे की तरफ़ से ही रहमत को दिख रही थी, इसलिए उसकी गेंहुअन रंग की पीठ के साथ कमर के नीचे सरकती जींस में से झाँकती हलके गुलाबी रंग की चड्ढी भी रहमत ने देख लिया।

भिखमंगे बच्चे ने कोई जवाब नहीं दिया। लड़के ने आइसक्रीम चाटकर कहा–

''अच्छा चल, तुझे आइसक्रीम खिलाएँगे तो बताएगा?''

''छोड़ भी एनी।''

''तुम तो बस ज़िन्दगी का मजा लो डियर, देखो, अभी कैसे चलेगा ये। चल, चल, उधर चल, बच्चे, ब्यूटीफुल आइसक्रीम खिलाएँगे।'' लड़का कुछ मजे में लगभग उससे खेल रहा था।

"कैसी-कैसी बातें करतें हैं बड़मनई बने लोग? हं, पढ़ना नहीं चाहते, कहाँ पढ़ लें? कब पढ़ लें?" थोड़ा ग़ुस्से से रहमत ने कहा। बच्चे को फुसलाकर कहाँ ले जा रहे हैं, ये उसे समझ में नहीं आया। रामसू का तो ध्यान ही उस तरफ़ नहीं था।

"बुड़बकपना न कर।" रामसू ने अपने बिखर गए सामान को इकट्ठा करते हुए यूँ ही कह दिया।

"पर देखो तो..."

रहमत को ग़ुस्सा आ रहा है। उन लोगों के ऊपर भी और अपने ऊपर भी। किसी को कुछ न कह पाने का ग़ुस्सा। उनकी बातों का उत्तर न दे पाने का ग़ुस्सा। उनसे जाकर भिड़ना अपना धन्धा ख़राब करना है, वे मानते हैं, रामसू की इस सलाह को। कौन जाने कौन क्या है? कितने लम्बे हाथवाला?

"जिधर देखने को कहा, उधर तो देख नहीं रहा, हिरोइनों में उलझा है।"

अब रहमत ने दूर बैठे अपने साथियों को देखा। वे अभी नहीं खा रहे थे, पर शायद आपस में एक-दूसरे से खाने के बारे में ही कह रहे होंगे। फिर दूसरी तरफ़ सिर घुमाया।

"पीछे।" रामसू ने बोतल का पानी उसके सामने रख दिया।

रहमत ने जल्दी से एक घूँट पानी पिया, फिर 'अबे, साले, तू भी' कहकर पीछे देखा। एक मरियल कुत्ता लेटे-लेटे पूँछ हिला रहा था। उसकी ठीक बग़ल में सात-आठ साल की एक लड़की, बीत चुके हरे रंग का मटमैला फ्राक पहने बैठी एकटक उन्हें घूर रही थी। लड़की नंगे पैर थी और उसके दोनों पैर मैल से चीकट थे। उसकी आँखें उनके चेहरे से ज़्यादा उनकी पोटली पर टिकी थीं।

"क्या कहता है?"

"मान न मान, मैं तेरा मेहमान।"

यह तो रहमत ने बस ऊपर से कहा। आँखों से कुछ और कहा। रामसू ने हाथ के इशारे से लड़की को बुलाया। लड़की उठकर खड़ी नहीं हुई। थोड़ा घिसटते हुए किसी अज्ञात रस्सी से उनकी तरफ़ खिचने लगी। तब उन्होंने देखा कि लड़की के पैर में घाव था। शायद पिछले दिनों को साथ लेकर आया ब्लास्ट वाला घाव। उस पर कुछ मक्खियाँ आ-आकर बैठने की कोशिश करती थीं। लड़की मक्खियों से लड़ती थी। मक्खियाँ कुछ देर को तितर बितर हो जाती थीं, फिर हाज़िर, मानो खुले घाव पर बैठना उनका जन्मसिद्ध अधिकार हो और इस अधिकार में चुनौती यह कि देखें भगानेवाला कितनी देर मैदान में टिका रहता है? वह कुछ पास तक आकर रुक गई। उसने हाथ आगे नहीं बढ़ाया। केवल आँखों से घूरना जारी रखा।

"ले।" कहकर रहमत ने अपनी पोटली की दो रोटियों में से एक रोटी उस लड़की की तरफ़ बढ़ा दी। बहुत थोड़ा गुड़ था, जो टूटे नहीं टूट रहा था। लड़की इन्तज़ार कर रही थी। कुत्ता ज़ोर-ज़ोर से पूँछ हिला रहा था। अन्त में गुड़ तोड़ने के प्रयास में असफल होने के बाद रहमत ने वह छोटा-सा गुड़ का टुकड़ा उसी की तरफ़ बढ़ा दिया।

"पूरा ले जा।"

लड़की ने गुड़ झट से पकड़ा और उसे दाँत से काट दिया, फिर उसके दो हिस्सों को ध्यान से देखा। बड़ा वाला हिस्सा उसने रहमत की ओर बढ़ा दिया।

"देख, जूठा देती है कमीनी।" रहमत ने लाड़ से कहा।

जब उसने गुड़ ले लिया तो लड़की हलका-सा मुस्कराने को हुई, फिर हल्की-सी लज्जा उसे छू गई। उसने अपनी रोटी से एक टुकड़ा ज़ोर-ज़ोर से पूँछ हिलाते कुत्ते की तरफ़ उछाला। कुत्ता बहुत तेज़ी से उठा और टुकड़े को बिजली की गति से मुँह में रखकर, पीछे के दो पैरों को मोड़कर, सावधान की मुद्रा में बैठकर लड़की को घूरने लगा।

"ऐ, कटखौना, सारा खाएगा?" रामसू ने कुत्ते को झिड़का। कुत्ते ने रामसू की बात का बिलकुल बुरा नहीं माना। वह अपने लक्ष्य पर अड़ा रहा।

रामसू को कुछ सूझा। उसने खाते-खाते रोटी का एक टुकड़ा कुत्ते की तरफ़ फेका। कुत्ते ने तुरन्त पाला बदला। इतनी फुर्ती से उसने टुकड़ा मुँह में डाला कि लगा उसने सीधा पेट में डाला हो और तत्काल अपनी पहले सी सावधान मुद्रा में रामसू की तरफ़ मुँहकर के बैठ गया।

"देख, तेरा कुत्ता तो दल बदलू निकला।" रामसू ने छेड़ा।

लड़की फिर हलका-सा मुस्कराई और उतना सा ही शर्मायी। उसने अपनी रोटी खत्म कर ली थी पर एक टुकड़ा मुट्ठी में दबाए हुए थी।

"खा जा, सयानी।" रहमत ने ध्यान दिलाया।

"ये उसके लिए ले जाऊँगी।"

"अब क्या इसी में से खानदान भर को खिलाएगी?"

"नहीं। इसके भाई को।"

"किसके?"

"इसके।" लड़की ने कुत्ते की ओर इशारा किया।

रहमत को पहले तो हँसी आई, फिर उसने कहा—"पगली।" फिर उसने अपना आख़िरी कौर छोड़ दिया। ये देखकर रामसू ने झट से अपनी रोटी का आधा हिस्सा रहमत की पोटली में डालकर, अपनी पोटली मोड़ चिंगोड़ कर,

अपनी वाली पॉलीथिन के नीचे डाल दिया। रहमत ने आँख उठाकर उसे देखा, फिर चुपचाप खाने लगा। अपना जो कौर रहमत ने छोड़ दिया था, उसे लड़की के हाथ पर रख दिया। लड़की ने दोनों टुकड़े अपनी मुट्ठी में दबाया और लँगड़ाते हुए भाग गई।

शाम गहराने लगी। हलकी-सी बूँदे पड़ीं, फिर रुक गईं। रहमत, रामसू और दूर बैठे उनके साथियों ने सामान समेटना शुरू किया। आज रहमत की कुछ बिक्री हुई थी पर रामसू बिलकुल खाली गए थे। दूर के साथी जब तक पास नहीं आए, वे दोनों इन्तज़ार करते रहे। फिर सारा दल साथ चला, उस ठिकाने की ओर, जो ठिकाना नहीं था। शहर से दूर बेहद बेतरतीबी से उग आई कच्ची पक्की झोंपड़ियों के अन्दर और बाहर सबके लिए जगह नहीं थी। कुछ अन्दर हो पाते थे, बाक़ी छूट जाते थे। उनमें से तमाम के लिए राह चलते लोगो के अँधेरे में रुक जाने से बनी जगह थी। उसी जगह पर वे झोंपड़ियों के अन्दर और बाहर लोगों के होने के अहसास में अपना सामान बाँधे सो रहे थे। इसी बँधे सामान वाली जमा पूँजी के लिए वे चिन्तित थे। ज़्यादातर लोग अपना सामान मामूली से किराए पर झोंपड़ियों के भीतर रखवाते थे। रहमत और रामसू भी उन्हीं में से एक थे। उस सड़क पर आवाज़ाही बढ़ने के पहले वे अपना चूल्हा जला लेते थे। अपनी रोटियाँ बाँध लेते थे। अपने दिशा फ़राग़त से निपट लेते थे। उस तरफ़ बदबू बहुत थी। नगरपालिका से सारा कचरा उसी तरफ़ सरकाकर शहर को साफ़ रखने का दावा किया जाता था। यही 'बम पुलिस' कहलाता था। यह कभी-कभी बदबू में इतना ज़ोर मारता कि झोंपड़ियों के भीतर बाहर रहना मुश्किल हो जाता। फिर भी लोग रहते थे। वे चाहते थे कि यहाँ से 'बम पुलिस' हटा दिया जाए, पर नगरपालिका कहती थी कि वे ऐसी शिकायत कर ही नहीं सकते। उस इलाके में मनुष्यों का रहना वर्जित है।

"कहाँ रहें वे?" वे पूछकर भी पूछ नहीं पाते थे। पूछना, अपने वहाँ रहने के छिपे हुए, पर साफ़ दिखते रहस्य को ख़ुद बता देना था। इस तरह पूछना बेकार था और उससे भी ज़्यादा ख़तरनाक। वे भगाए जा सकते थे, ढहाए जा सकते थे। अब तक ग़नीमत था कि वे कभी-कभी की वसूली भर के शिकार थे।

वे हर दिन और हर रात ठिकाने में बेठिकाना थे।

इस बेठिकाने में उन्होंने दुनिया भर के इन्तज़ाम किए थे। ज़रा-ज़रा से सामान के लिए ज़रा-ज़रा सी जगह किराए पर दी थी। खींच-खींचकर पृथ्वी से पानी निकाल डाला था। खींचकर न जाने किस लोक से बिजली का

एक तार भी आया था, जिसके सहारे किसी-किसी झोंपड़ी में पीले रंग का लट्टू लटकता था, जिनमें नहीं लटकता था, उनके सपनों में हलके पीले रंग का भकभकाता हुआ उजास फैलने-फैलने को होता था और वे सपनों के भीतर से उजास के फैल पड़ने की प्रतीक्षा का बोझा उठाए चल रहे होते थे।

इसी दूसरे लोक से आए तार के लिए कभी भी, कहीं से कोई देवदूत प्रकट हो जाता था और एक अद्‌भुत शक्ति से उनकी जेबों का पैसा खींच लेता था। जो लोग रात के अँधेरे में अपने चलने को स्थगित किए लोगों के कारण छूटी हुई जगह पर सो रहे होते थे, देवदूत उन्हें भी सपने से जगाता था और किसी दिव्य चुम्बकीय यंत्र से उसका मनचाहा पैसा उन लोगों की जेबों से गिरकर देवदूत की जेब में चला जाता था। रामसू, रहमत और उनके साथियों के आने से बहुत पहले इस शहर में चले आए लोगों में से कुछ लोग अपने सिरों पर झोंपड़ी लगा लेने में कामयाब हो गए थे लेकिन रामसू, रहमत और उनके साथियों की नींदों में अभी तक झोंपड़ी खड़ा कर डालने का दुस्साहसिक स्वप्न भर था।

हलकी-हलकी बूँदा-बादी शुरू हो गई थी। 'आज इन्द्रदेव नहीं छोड़ेंगे' वाले भाव से सबने छोटी-बड़ी पॉलीथिन निकाली और सिर पर ओढ़कर बैठ गए। जिसका लिफाफा कुछ बड़ा था, वह पैर मोड़कर लेट भी गया।

"यहाँ एक्को पेड़ भी नहीं है कि बरखा बुन्नी में कुछ आसरा हो।" रामसू अपने पुराने बड़बड़ाने के तरीक़े से बड़बड़ाए।

"का करिएगा?" किसी ने धीरे से कहा।

किसी को कुछ याद आया और उसने सोचते हुए बताया–"उधर, इन झोंपड़ों से दूर एक टीन का पतरा लगा देखा था भई, कहो तो उधर चलें।"

"हाँ, शायद नगरपालिका का है।" किसी और ने भी दिमाग़ पर ज़ोर डाला।

"जब है, तो बैठे काहे हो? भागो उधर।" किसी ने अपना समान समेटकर जल्दबाजी दिखाई।

"बड़े लोगों की तरह विचार ही करते रहेंगे क्या?" किसी और ने टोका।

"चलो, चलो, भींगने के पहले निकल चलो।" इस आह्वान पर सब, अपने अपने हाथों में विचित्र पोटलियाँ लिये दिए टीन के पतरे की दिशा की तरफ़ भागे।

टीन का यह शेड बहुत छोटा था, पर ऐसे किसी मुसीबत के वक़्त अपने छोटेपन में बड़ा लग रहा था। गुड़ी-मुड़ी होकर न जाने कितने लोग इसमें समा सकते थे। वे लोग भी एक-दूसरे के हाथ, पाँव, पीठ, कन्धे के सहारे काम चलाने

लगे। इसी में उनकी विचित्र पोटलियाँ एक-दूसरे के ऊपर लुढ़की पड़ी थीं। किसी की पोटली में से कुछ खुलकर चावल के कण बिखर गए थे, जो नींद में चल रहे लोगों को चुभकर अपनी उपस्थिति जता रहे थे। इन कणों को भरसक बटोरने की कोशिश कलुआ और पलटुआ ने की थी पर ये मान में नहीं आए थे। वैसे किसी की पोटली में पड़ा बँधा आटा पसीज रहा था पर लड्डू की तरह पड़े आटे के अस्तित्व पर किसी का ध्यान नहीं था।

यूँ बारिश बहुत तेज़ न भी होती तो भी यह घड़ी आती। यह घड़ी छूट नहीं सकती थी। यह घड़ी मनुष्य की तेज़ धार बुद्धि से उपजी थी। उपजते ही यह चतुर्दिक फैल गई थी। इसके लिए देश परदेश की कोई सीमा रेखा नहीं थी। टीन शेड के नीचे गुड़ी-मुड़ी होकर, एक-दूसरे के हाथ, पाँव, पीठ, कन्धे का सहारा लेकर सोये इन लोगों ने इस दिशा में नहीं सोचा था। उनकी नींदों में सिर पर झोंपड़ी लगा लेने का दुस्साहसिक स्वप्न तैर रहा था।

इसी बीच पुलिस की जीप घड़घड़ाते हुए टीन शेड के आगे आकर रुकी। टीन शेड के भीतर कोई हरकत नहीं हुई। 'उनका कौन पुछउवा है यहाँ?' जैसा कुछ वहाँ सबने सोचा था। लेकिन जब जीप से कूदकर, खाकी रेनकोट पहने पुलिसवाले उतरे और टीन के भीतर के लोगों को अपनी तेज़ टार्च की रोशनी और तेज़ बौछार गालियों से नहलाने लगे तो सारा टीन का पतरा हिल गया। सब हड़बड़ाकर उठ बैठे और मिचमिचाते हुए भकुआए से एक-दूसरे को देखने लगे। वे कुछ भी समझ पाएँ कि पुलिस के हाथ के डंडे चल पड़े। तांडव शुरू हो गया।

"साले, सब यहाँ छिपे बैठे हैं।"

"खोजने में नचा मारा सबों ने।"

"देखते हैं कैसे बचते हो।" कहकर लोगों के हाथों, पैरों, पीठों, जाँघों, सिरों, जो जगह भी मिली, उसी जगह पर ज़ोरदार डंडे बरसने लगे।

सब गिड़गिड़ाने लगे और कोई भी ग़लती, जो उनसे कभी हो गई हो या कभी भी न हुई हो, उन सबके लिए माफ़ी माँगने लगे।

"साहब ग़लती क्या है? किसने किया?" रहमत से नहीं रहा गया।

"तेरी तो, अभी बताते हैं। सबका नेता बनता है? हँ?" इतना कहकर दो पुलिसवालों ने उसे पकड़कर बाहर खींच लिया।

"अरे रे, रमसू..." रहमत प्राण भर चिल्लाए।

"अच्छा तो तेरा साथी भी है। कौन है बे रामसू?"

रामसू पीठ, सिर और कुहनी पर अचानक पड़े कई डंडे से बेहोशी जैसी हालत में थे।

किसी ने कुछ नहीं कहा। इतने में पुलिस के कद्दावर हाथों से फिसलकर रहमत पलटे और आकर रामसू से लिपट गए।

''हमें बचाओ रमसू, हमें बचाओ भाई।'' रहमत के करुण क्रन्दन से रामसू को कुछ होश आया।

''मालिक, साहब, हमलोगन का कौनो अपराध नहीं है। आज पानी बरस रहा था, सो इसी टीन के पतरे में सिर छुपाने आ गए...''

''साला ज़बान चलाता है?'' कहकर पुलिसवाले ने उसे भी खींचा और अपने आसपास की रुकावट पर ज़ोर से पैर मारा। इस खींचने में एक-दूसरे के ऊपर लुढ़की पड़ी पोटलियाँ भरभराकर गिरीं और अपने सामानों के साथ खुलकर बिखर गईं।

''बस! इसे और इसे।'' एक लम्बे-चौड़े पुलिसवाले ने आदेश के अन्दाज़ में कहा।

इस आदेश के अनुपालन में तुरन्त दो को घसीटकर जीप में लाद दिया गया।

सुबह की किरणें मानो रात की बारिश से धुलकर निकली थीं। अधिक चमकीली और अधिक चुभती हुई। बाज़ार का शोर भी मानो कल की बारिश से अधिक तीखा हो गया था। वहाँ छूट गई रामसू और रहमत की जगह पर कलुआ और पलटुआ ने अपना सामान बिछा लिया था। उसमान ने अपनी जगह नहीं बदली थी। वह साफ़ मना कर गया था। यहाँ बैठना उसके लिए बड़ा मुश्किल होगा। रामसू और रहमत नज़र आते रहेंगे। लेकिन जगह एकदम बाज़ार के शुरू में थी और बाज़ार के हिसाब से एकदम उम्दा। पर उसमान एकदम रहमत की तरह ही बाज़ार से ज़्यादा अपने मन को तरजीह दे गए। कलुआ और पलटुआ को भी कौन सा अच्छा लग रहा था। पर जगह छोड़ देने से जगह उनके लिए रुकी नहीं रह सकती थी।

सामने की आइसक्रीम दुकान पर रोज़ की तरह आइसक्रीम के खरीददार और भिखमंगे बच्चों में होड़ लगी हुई थी। उसके बगल वाली दुकान में रोज़ की तरह ज़ोर शोर से टी.वी. चल रही थी। रहमत की तरह ही कलुआ का ध्यान रह-रहकर टी.वी. पर चला जाता था। सुबह के सारे अख़बारों में अलग-अलग रंगों की एक ही मुख्य ख़बर की जानकारी उन्हें नहीं थी। 'दो खूँखार आतंकवादी पुलिस के हत्थे चढ़े' जैसी बड़ी ख़बर। उन्हें तो बार बार फोटो दिखा दिखाकर

टी.वी. ने बताया और वे हक्के बक्के रह गए। टी.वी. स्क्रीन पर एक बड़ा-सा शीर्षक टँगा है, जिसे वे पढ़ नहीं सकते, जिसे वे सुन सकते हैं–'पुलिस ने मुठभेड़ में दो आतंकवादियों को मार गिराया'–गफ़्फ़ार और वसीम। उन दोनों की तसवीरें...

तसवीरें वे पढ़ सकते थे।

सामने खड़े ग्राहक को देखकर उनके मुँह से निकला–"अभी नहीं भई।"

फिर उन्होंने तुरन्त चौकन्ने होकर ग्राहक को रोका–"आओ जी, सस्ता माल ले जाओ जी। हर माल मिलेगा..."

ग्राहक नहीं रुका तो उन्होंने अपने साथियों को इशारे से बुलाया।

कलुआ और पलटुआ, उसमान और उनके साथियों ने उन तसवीरों को देखकर अपने-अपने कलेजे पर हाथ रखकर कहा–'अरे, हमारे रहमत और रामसू!

"इतना अन्याय?" गहरी साँस लेकर किसी ने कहा।

"का करिएगा?"

"थाने चलिएगा?"

किसी ने धीरे से कहा।

"हर माल मिलेगा..." किसी ने हकार लगाई।

"सस्ता माल, अच्छा माल..."किसी ने स्वर में स्वर मिलाया।

इसी समय जाने कहाँ से आकर लँगड़ाते हुए एक सात-आठ साल की लड़की, बीते हुए हरे रंग का फ्राक पहने, मैल से चीकट हुए दो पैरों के साथ उनके पीछे खड़ी हो गई और उससे सटकर ज़ोर-ज़ोर से पूँछ हिलाता एक मरियल कुत्ता भी।

उनकी व्यस्तता

वे फिर बैठे ही रह गए। सुबह तक। वे यानी सुदामा प्रसाद। सुदामा प्रसाद यानी सरकारी कर्मचारी। वे ऐसा ही कहते हैं अपने बारे में। यह नहीं कहते कि सरकारी कर्मचारी में कौन सा, किस तरह का सरकारी कर्मचारी? कौन सा ओहदा, कौन सा दफ़्तर वग़ैरह। पूछने वाले को इसके लिए लाख बार कुरेदना पड़ेगा। तब जाकर वे किसी बात के बीच में कह देंगे कि उन्हें रोज-रोज डांगरी पहनकर जाना बड़ा ख़राब लगता है। ख़राब मतलब फ़ैशन वाला ख़राब नहीं, ख़राब से उनका मतलब असुविधा से है और इसे वे समझाकर दम लेते हैं कि असुविधा क्यों और किस तरह की है? फिर अपनी परेशान करनेवाली अतिसार की बीमारी के बारे में बताने लगते हैं। कितना मुश्किल है कि आप हर जगह 'फिरने' की चिन्ता में रहें और दिन में छह-सात बार डांगरी के भीतर से निकलकर दफ़्तर के ट्वायलेट के सामने खड़े रहें। अब तो वे अपने साथ पानी की बोतल भी लिये रहते हैं। पीने के लिए नहीं भई, समझा करिए! इसी बीच में वे डांगरी और ग्रीस के अन्योन्याश्रित सम्बन्ध को भी बताते हैं और बताते बताते यह भी अफ़सोस जताते हैं कि डांगरी पहनने के साथ इंजीनियर साहब का बुलावा आता रहता है और यह भी कि इतना सीनियर हो जाने पर भी इंजीनियर साहब उन्हें सीनियर होने का लाभ नहीं लेने देते। इतने से अगर आप कुछ अन्दाज़ लगा सकते हों तो लगा लीजिए। आगे वे फिर कभी कुछ बताएँगे तो उसको भी इसी में मिलाकर एक मुकम्मल तसवीर बनाई जा सकती है, वरना तसवीर अधूरी।

इसी दिन जब वे, यानी सुदामा प्रसाद, दफ़्तर से थके हुए, देर शाम को घर में घुसे थे, तब पत्नी टी.वी. पर कोई 'सास बहू' जैसा सीरियल देख रही थीं। उन्हें अच्छा नहीं लगा। वे इतना ओवर टाइम करके आए हैं और यहाँ मजे किए जा रहे हैं! यही सब देखकर औरतों का दिमाग़ ख़राब हो गया है। मन-ही-मन

बोले–'मूढ़मती, भई मूढ़मती।' लेकिन ज़ोर से बोले तो ग़ुस्से में बोले–'न्यूज़ लगाओ!'' पत्नी हड़बड़ाकर उठीं और रिमोट वहीं 'धप्प' से रखकर चली गईं। अचानक ही उन्हें लगा कि पत्नी को रसाघात हुआ है। ये कैसी बात उनके दिमाग़ में आई? उन्हें ख़ुद पर हँसी आई तो उन्होंने धीरे से कह दिया–''बाद में देख लेना। दसों बार तो दुहराता है।''

उनकी इस उदारता को पत्नी ने नहीं सुना। वे रसोई में थीं। थोड़ी देर में वे झपककर आईं और चाय रखकर चली गईं।

ख़बर में दिल्ली के किसी घर का दरवाज़ा बार-बार दिखाया जा रहा था। ख़बर थीं कि इस घर के लोगों ने अपनी बहू को एक कमरे में सात साल तक क़ैद कर के रखा। दरवाज़े के बाद बहू को दिखाया जाने लगा। बहू, जो कंकाल भर रह गई थी और बेहोशी की-सी हालत में थी। उसके परिजन बता रहे थे कि ससुराल वालों से बार-बार पूछते रहने पर भी उन्हें कुछ पता नहीं चल पाया। बात बहुत रहस्यमय तरीक़े से खुली थी, वरना कोई जान भी नहीं पाता कि इस घर में, इस दरवाज़े के भीतर, सात साल से एक औरत ने सुबह का सूरज नहीं देखा है। उसे खिड़की के रास्ते कभी-कभी रोटी और पानी फेंककर दिया गया था और उसके ससुरालवाले उसकी सहज मौत की प्रतीक्षा कर रहे थे। सुनिए, दरिंदगी की दिल दहला देनेवाली दास्तान...

न्यूज़ चैनल पर कोई ख़ूबसूरत रिपोर्टर पूरे जोश में बता रहा था।

''इतने साल कहाँ रहे उसके माँ-बाप?...'' रिपोर्टर बीच-बीच में कुछ सवाल भी उठाता और फिर भीड़ में से किसी-किसी का इंटरव्यू लेने लगता।

वे विचलित हो उठे? ऐसा कैसे हो सकता है कि उसके मायके वालों को इतने साल पता न चले? ये कैसी व्यवस्था है हमारे समाज की, कि लड़की को ससुराल में छोड़कर निश्चिन्त हो लो?

दिल्ली, गुड़गाँव, नोएडा, बरेली...बहुत सारे शहरों के नाम उनके दिमाग़ में आए। उन्हें सारे शहर एक जैसे लगने लगे। सबमें, कितने-कितने घरों में, दिखाया जाता ऐसा ही एक दरवाज़ा था, जिसके पीछे कंकाल बन गई, मौत को मात देती औरतें बेहोशी की हालत में क़ैद थीं।

''अरे, सुनती हो!'' वे बुलाने लगे।

पर जिसे बुला रहे थे, उसने झल्लाकर कहा–''बस, खाना लगा रही हूँ। चाय तो पीये हैं अभी-अभी।''

उन्हें समझ नहीं आया कि जो वे कहना बताना चाहते हैं, उसे अपने ही घर में कोई समझता क्यों नहीं?

दफ़्तर की बात तो वे वैसे भी घर में नहीं बताते।

घर और दफ़्तर को अलग-अलग रखना चाहिए, ऐसा वे मानते हैं। इसीलिए पत्नी उनके ओवरसीयर या इंजीनियर साहब के बारे में नहीं जानतीं। न ही उनके डांगरी को नापसन्द करने के सही-सही कारण को। उनका काम बस उस डांगरी को धोते रहना था, ग्रीस छुड़ाते रहना था। बिना बोले, बिना पूछे।

तो इसी रात, वे अच्छी गहरी नींद में सो रहे थे लेकिन तीसरे पहर ही उनकी नींद उचट गई थी। उसके बाद से लाख-लाख कोशिश कर के भी आँख नहीं लगी। न जाने कहाँ-कहाँ से चिन्ताएँ आ-आकर इकट्ठी हो गईं। इन्हीं चिन्ताओं के बीच शरारती बिटिया शैलजा की याद भी चली आई। क़रीब पाँच साल हो गए उसकी शादी को भी। अभी तक एडजस्ट नहीं हो पाई है। ऐसा लोग कहते हैं। वे मान नहीं पाते। कितने आत्मविश्वास वाली लड़की है! सभी लड़कियाँ एडजस्ट करती हैं तो भला वह क्यों नहीं कर लेगी? शैलजा सामने होती तो कितने गद्गद हो जाते थे वे। हृष्ट पुष्ट ख़ूब। क़द काठी भी अच्छी। इसीलिए उसका नाम भी रखा था उन्होंने शैलजा। पर्वत पुत्री की तरह बहादुर। उसे देख-देखकर उन्हें लगता कि इसे लड़का होना था। यह बात वे जाने कितनी बार पत्नी को कह–जता चुके थे। लड़का ही चाहिए था उन्हें पर ईश्वर की कृपा होते होते रह गई थी। ईश्वर की कृपा होते होते रह जाने के माने है कि लड़की, जो आ गई थी, बस, लड़का बनते बनते रह गई थी। जो ईश्वर जरा सा चूका न होता तो लड़का ही होना था उसे। अब लीजिए, कोई गुण तो लड़कियों जैसा हो उसमें! न लजाना, न डरना, न कोमलता, न गहने शृंगार का चाव, न कढ़ाई, बुनाई से कोई मतलब। खाना बनाना सीखने में कोई दिलचस्पी नहीं। माँ का हाथ बटाने के नाम से ही दूर भागना। अब यही देखिए कि जब उसकी उम्र की लड़कियाँ तरह तरह के पकवान बनाना सीख रही थीं, तरह तरह के फ़ैशन, मेकअप, कपड़ों, बालों की स्टाइल जैसी बातों में उलझी थीं, वह सबका मज़ाक़ उड़ाती मैदान में क्रिकेट मैच खेला करती थी। मैच की दीवानगी ऐसी कि नाम सुना नहीं कि रात दिन के लिए टी.वी. से चिपक गईं। अगर आस-पड़ोस ने टोक टोककर और उन्होंने अपनी पत्नी के साथ मिलकर ज़ोर-दबाव डालकर उसका मैदान में जाना बन्द न कराया होता तो शायद आज भी वह क्रिकेट खेल रही होती। पर खैर, इसका उन्हें ज़रा भी अफ़सोस नहीं है। अब बड़ी हो गई थी। ठीक नहीं लगता था। यही, मैदान में दौड़-दौड़कर, उछल-कूद कर, हल्ला-गुल्ला करते हुए खेलना।

बचपन में खेलती थी तो वे ख़ुश होते थे। बचपन में खेलती थी तो वे ईश्वर के ज़रा-सा चूक जाने पर मुस्कराकर रह जाते थे। एक बार की बात है कि किसी

बच्चे ने उसकी छुटकी बहन को झगड़े के बीच 'मोटी, गधी' कह दिया। छुटकी इससे आहत होकर रोते हुए सरकारी स्कूल के उस मैदान में पहुँची, जहाँ शैलजा क्रिकेट खेल रही थी। छुटकी ने रो-रोकर अपना दुख बयाँ किया। बस, शैलजा ने वहीं क्रिकेट का बल्ला उठाया और दुश्मन को मार गिराने का संकल्प लेकर निकल पड़ी। छुटकी इससे दहशत खा गई। पर बाजी उसके हाथ से निकल चुकी थी। वह पीछे-पीछे रोते हुए चलती जाती। तभी रास्ते में सुदामा प्रसाद आ टकराए। बल्ला उठाए, वीर मुद्रा में चलती बेटी को देखकर उनके पसीने छूट गए। उन्होंने दोनों से पहले घर चलने के कई-कई बहाने बनाए।

"नहीं पापा। मेरे होते ये अन्याय नहीं होगा।"

बल्ला हवा में लहरा कर, फिल्मों की किसी जांबाज नायिका की तरह शैलजा ने कहा।

"ठीक है। अभी तो घर चल। माँ बीमार है। फिर मैं भी तेरे साथ चलूँगा। चल, छुटकी, तू भी चल।" शैलजा को झुकाना मुश्किल देख उन्होंने माँ की बीमारी का अचूक बहाना बनाया। 'माँ' शब्द ने शैलजा को फिलहाल निर्णय टालने पर मजबूर किया। छुटकी को तो जैसे रोने और दहशत से निकलने का मौक़ा मिल गया।

"फिर आप चलेंगे न।" शैलजा ने पिता से तसल्ली करवाई।

"हाँ, हाँ, मैं कह रहा हूँ न।" पिता ने रूखाई से शैलजा का हाथ पकड़ा और घर की तरफ़ चल पड़े।

"अगर आप नहीं चले तो समझ लीजिए कितना बुरा होगा।" शैलजा ने हुँकार भरकर कहा।

वे मन-ही-मन मुस्कराए।

तब वे ख़ुश हुए थे और थोड़ा निश्चिन्त भी। उन्होंने ईश्वर को चूक जाने के बावजूद भी धन्यवाद दिया था। वे उसकी हर ऐसी, माने लड़कों जैसी हरकत को बढ़ावा देते रहे थे। ।हवाले से दुनिया। उनकी पत्नी की यह शिकायत उन्हें अब समझ में आ रही है। तब तो वे इस ख़ुशी से फूले न समाते थे कि उनकी लड़की किसी लड़के से कम नहीं। लेकिन दुनिया को नहीं भा रहा था। पास पड़ोस को शिकायत थी। पत्नी को चिन्ता घेरे रहती। तो बात गड़बड़ तो कुछ ज़रूर थी। वे सोचते पर पकड़ नहीं पाते। अब पाँच साल से लड़की जो ससुराल में परेशान है, कितना समझाएँ उसे? बेटा, ढंग से रहना सीखो! सोचा था सीख जाएगी। शादी के बाद सब लड़कियाँ कितनी सयानी हो जाती हैं। यह सोचते ही उन्हें अपनी ही बात पर हैरत हुई! ज़्यादातर लड़के शादी के बाद लम्बे समय

तक सयाने नहीं हो पाते तो अगर एक लड़की सयानी नहीं हो पाई तो क्या बुरा हो गया? लेकिन वे कुछ और महसूस कर रहे थे। कुछ बुरा-बुरा।

जब वे दफ़्तर जाने के लिए तैयार हो रहे थे तो अचानक ही उन्हें यह ख़याल आया कि आज क्यों न चने की मीठी दाल बनाई जाए? उन्होंने सीधे जाकर पत्नी से कहा कि "वे आज चने की मीठी दाल बनाएँगे। मसाला-वसाला तैयार कर लें।" अरसे बाद वे एक बार फिर अपनी पाक कला का प्रदर्शन करना चाहते थे। पत्नी उनके उत्साह से उत्साहित नहीं हुईं। बर्तन माँज रही थीं। माँजते-माँजते सामान्य ढंग से बोलीं–"कुछ चीज़ों के लिए थोड़ा पहले से सोचना पड़ता है।"

वे हतोत्साहित हो गए। इतने पहले से वे कैसे सोच सकते थे कि उन्हें आज चने की दाल बनानी है या लड़की की शादी के बाद ऐसा होगा?

सोच तो सकते थे!

वे चने की दाल के बारे में सोचना भूलने के लिए कुछ और करने लगे। फिर अचानक ही पत्नी के पास आए और पूछने लगे–"हमारी बेटियाँ झगड़ालू हैं?"

पत्नी ने मुँह बगल कर के अपने ब्लाउज में पोंछा। पसीना आ रहा था लेकिन कहा कुछ नहीं तो वे ख़ुद ही धीरे से बोले–"लोग शायद ऐसा कहते हैं।"

"कौन लोग?"

पत्नी ने भी धीरे से ही कहा।

इस पर वे भी कुछ नहीं बोले। अपने को इधर-उधर के फालतू कामों में उलझाए रहे और आख़िरकार थक गए। थक गए तो फिर तैयार होकर दफ़्तर चले गए।

वे एक बार फिर ख़ुद से चौंक गए। एक ऐसा दृश्य उनके साने से गुज़रा कि उनकी दफ़्तरी रफ्तार थम गई। आजकल वे ज़्यादा सोचने लगे थे। बल्कि कहना चाहिए कि शैलजा की शादी के बाद, बेटी के चले जाने जैसी भावुकता के साथ उनके इस तरह सोचने में वृद्धि हो गई थी।

उनकी स्कूटर की बगल से एक मोटर साइकिल निकली, जिस पर दो लड़के बैठे थे। हालाँकि दोनों लड़कों की उम्र का वे एकदम सही अन्दाज़ा नहीं लगा सकते थे, फिर भी उनके अनुमान से एक तेरह चौदह साल का लगता था और बिना हेलमेट के चला रहा था। जबकि इन दिनों दुपहिया वाहन वालों के लिए हेलमेट पहनना ज़रूरी हो गया था। उसके पीछे मुश्किल से आठ साल का लगनेवाला नाज़ुक और भावुक चेहरेवाला लड़का बैठा था। ठीक उनके दूसरे बगल से दूसरी मोटरसाइकिल निकली, जिसपर तीन ऐसे लड़के बैठे थे, जिनकी

उम्र के बारे में वे सिर्फ़ इतना कह सकते थे कि वे जवान थे। बीच की माँग काढ़कर कन्धे तक लम्बे बाल लटकाए हुए थे। आगे वाले ने काला चश्मा पहना था, बाक़ियों को वे ध्यान से नहीं देख पाए। बल्कि यह सब भी वे अन्दाज़े से कह रहे हैं क्योंकि बहुत विस्तार से मुआयना करने का उन्हें बिलकुल समय नहीं मिला। यहाँ तक कि हड़बड़ाहट में वे दोनों में से किसी भी मोटरसाइकिल की नम्बर प्लेट नहीं देख पाए। असल में ऐसा नहीं भी होता, पर वे दोनों छोटे लड़कों को बैठा देख, थोड़ी देर को ईश्वर की ज़रा-सी चूक पर दुखी हुए थे और उन्हें लगा था कि लड़का हुआ होता तो कुछ दुख दूर हुए होते। ऐसे ही मोटरसाइकिल चलाता। न सही मोटरसाइकिल चलाता, पर इस तरह से, जैसे कि वे आज व्यथित हो रहे हैं, ऐसा तो न होता। पर इसी क्षण उन्हें यह विचार भी कौंधा कि अगर शैलजा को दिया जाता तो शायद इस लड़के से, जो डगमगाते हुए मोटरसाइकिल चला रहा था, अधिक बेहतर तरीक़े से चला लेती, बल्कि शायद मोटरसाइकिल को पूरा का पूरा अपने वश में कर लेती। बस, वे भी ज़रा-सा चूके और दूसरी तरफ़ के जवान लड़कों की मोटरसाइकिल को बचाने में ऐसे लगे कि मोटरसाइकिल उनके स्कूटर के अगले चक्के को छूती हुई निकल गई। वे सामने देखते हुए गिरे और दोनों मोटरसाइकिलों की नम्बर प्लेट नहीं देख पाए। सामने जाकर दोनों मोटरसाइकिल इतने पास हो गईं थी कि उनका दिल अपनी चोट से ज़्यादा आगे की घटना के लिए 'धक्' से कर के रह गया। छोटे लड़के की मोटरसाइकिल के पिछले चक्के से बड़े लड़कों की मोटरसाइकिल का अगला चक्का हलका-सा छू गया। छोटा लड़का डर गया। वह गिरती हुई अपनी मोटरसाइकिल पर से कूद-सा पड़ा। पीछे वाला लड़का भी उतर गया। मोटरसाइकिल सँभाल ली गई।

"अबे, रुक बे! समझ क्या रखा है?"

बड़े लड़के गाली देकर चिल्लाए। छोटा लड़का एक क्षण को सहमकर सचमुच रुक गया। लेकिन तुरन्त ही उसे अपनी ग़लती का अहसास हुआ क्योंकि दूसरे लड़के उस पर झपटने जा रहे थे। वे अपने भीतर समाया हथियार जैसा कुछ निकाल रहे थे। मोटरसाइकिल चूँकि स्टार्ट थी, इसलिए छोटा लड़का, अपने पीछे उससे भी छोटे लड़के को बैठाकर भागा। तेज़। दूसरी मोटरसाइकिल के लड़के भी अपना हाथ और हथियार लहराते उसके पीछे भागे। तेज़।

कहाँ तक गए होंगे लड़के?

वे ख़ुद ही उठ गए। अपनी धूल झाड़ते। गुज़र चुकी दोनों मोटरसाइकिल में से किसी का भी ध्यान उनकी तरफ़ नही था। अलबत्ता कोई दूसरा स्कूटर

उनके पास आकर रुकते-रुकते चला गया। ख़ुद ही उन्होंने अपनी स्कूटर उठाई और चल पड़े।

वे इन चीज़ों को डॉयरी में दर्ज करना चाहते थे। रोज़मर्रा के ये दृश्य। नहीं कर पाते थे। रात तक वे इतना थक चुके होते थे कि बस सोच सकते थे। वह भी कभी-कभी और थोड़ी देर। अधिक सोचने से पूरी नींद उखड़ जाती थी और उनके जैसे आदमी के लिए यह बिलकुल ठीक नहीं था। छोटी सी खटाऊ नौकरी थी। उस पर से अतिसार की बीमारी थी। सुबह उठते ही आपाधापी में शामिल होना होता था। सुबह उठते ही कड़वी आयुर्वेद की दवाई पीनी पड़ती थी। अजीबोगरीब चूरन चाटना पड़ता था, जिसका स्वाद दिन भर बना रहता। ऊपर से इतना सीनियर हो जाने का कोई लाभ उन्हें इंजीनियर साहब नहीं लेने देते थे। जब देखो, बुलाकर कोई काम सौंप दिया, वह भी किस चतुराई से।

"आप सबसे ज़्यादा अनुभवी हैं। ये काम आपकी निगरानी में होगा।" बस हो गया बंटाधार।

या फिर मुस्कराकर कहते–"अरे, सुदामा प्रसाद, मुझे चिन्ता से मुक्त करिए।" लो, हो गया बंटाधार। उन्हें लगना पड़ता। उनके अनुभव की, उनके काम की गुणवत्ता का सवाल हो जाता। उनकी बीमारी के बारे में कौन सुने? इस तरह बाकियों की तरह वे कभी खाली बैठकर ताश खेल लेने या देर से दफ़्तर पहुँचने जैसे सीनियर होने के लाभ से वंचित रह जाते।

दफ़्तर से वे लौटे। रोज़ की तरह। घर के बाहरी बारामदे में चढ़ते ही उन्हें, उनसे पहले अन्दर जाती शैलजा की सहेली रूबीना दिखी। वे अपने ही घर में रूबीना के पीछे पीछे घुसे। रूबीना ने अचानक पलटकर उन्हें 'नमस्ते' किया और पत्नी समेत बाक़ी लड़कियों से कुछ कहने पूछने लगी। उन्हें लगा कि उनके घर में 'रूबीना आ गई' ऐसी कुछ ख़ुशी भर गई है। उन्होंने 'नमस्ते' के जवाब में हलका-सा सिर हिलाया था, जिसे किसी ने नहीं देखा। पत्नी उन्हें देखते ही रसोई की तरफ़ चली गईं। वे कमरे में। रूबीना को देखते ही उन्हें शैलजा की याद आई थी। कब से उससे मिलने नहीं जा पाए थे। शैलजा से छोटी वाली की शादी तलाशने में सारी छुट्टियाँ स्वाहा हो रही थीं। एक को निपटा दिया, अब दूसरी के लिए लगे थे। वे डटे हुए थे। हालाँकि बात कुछ बन नहीं पा रही थी। उधर शैलजा भी मरने जोने की हालत में ससुराल में पड़ी थी और वे थे कि उससे मिल कर, देखकर, समझाकर और लिवा लाने की कोशिश कर के चले आते थे। ससुराल वाले उसे भेजने को राजी नहीं होते थे। पर असल में वे ख़ुद ही ऐसे

वैसे झगड़े टंटे से बच रहे थे। बचना उन्हें ज़रूरी लग रहा था। जब तक बाक़ी बेटियों को निपटा नहीं देते। तब तक। केवल तभी तक।

वे चाय आने पर चौंके। एक मन हुआ कि पत्नी को रोककर सब कह दें। पर चुप रह गए। एक दूसरे से बतियाने की आदत ही नहीं थी। उलटा उनके मन में आया कि पत्नी रूबीना से बतियाने को अकुला रही होंगी, जैसा कि उन्होंने औरतों के स्वभाव के बारे में सुना था। किससे सुना था? पता नहीं! ठीक-ठीक नहीं बता सकते।

चाय पीकर निकलने पर वे फिर चौंक उठे, जब उन्होंने पत्नी को रसोई में एक छोटे से स्टूल पर बैठकर कुछ सोचते पाया। रूबीना शादी के बाद आई है। पड़ोस की लड़की है। शैलजा की सहेली है। उसका हालचाल लेना चाहिए था कि यहाँ बैठकर...क्या वे भी शैलजा के बारे में सोच रही हैं?

रूबीना भीतर के बारामदे में बैठी उनकी तीनों लड़कियों को कुछ कहानियाँ सुना रही है। जाहिर है कि ससुराल की तरफ़ की होंगी। उनके कान में 'मेरी सास', 'मेरा देवर' जैसे कुछ शब्द गिरे। वे सतर्क हुए। अचानक मुड़कर रूबीना के पास पहुँचे और अप्रत्याशित पूछ पड़े—"वहाँ सब ठीक तो है?"

हालाँकि यह उन्हें सबसे पहले पूछना था। तब, जब वे दरवाज़े पर ही रूबीना से मिले थे। उन्हें थोड़ी शर्मिन्दगी भी लगी।

"जी।" रूबीना ने अपनी सारी बात रोक दी।

"अरे, करो करो तुम लोग बात।"

लेकिन उनके कहने से क्या? बात रुकी ही रही। उन्हें अटपटा लगने लगा। बच्चे अकबकाये से कभी सिर झुका लेते तो कभी उनकी तरफ़ देखते। अन्ततः वे वहाँ से हट गए।

रूबीना चटक हरे रंग का चमकदार सलवार कुर्ता पहने थी। झालरों वाला दुपट्टा बार बार सिर पर खींच लेती थी। उसने हँसकर बताया कि ऐसा करने की अब उसकी आदत पड़ गई है।

वे अन्दर चले आए थे। उनसे बैठते नहीं बन रहा था। देखो तो, रूबीना की शादी अब हुई। शैलजा की शादी उन्होंने कितनी जल्दी कर दी। बी.ए. की पढ़ाई छुड़ा कर। हालाँकि वे ऐसा नहीं करना चाहते थे पर रिश्ता अच्छा मिल गया था। वे मजबूर हो गए थे। आख़िर वे ये सब किस अज्ञात शक्ति के दबाव में किए जा रहे थे?

तब तो, अँधेरी शाम में स्कूल के बैडमिंटन हॉल में बैडमिंटन प्रैक्टिस करने की इजाजत दी थी उन्होंने शैलजा को। पत्नी के मना करने पर भी ख़ुद पहुँचाकर

आते थे। तब शैलजा द्वारा बैडमिंटन कोच को बद्‌तमीज़ी के जवाब में थप्पड़ मारने पर वही थे कि ख़ुश हुए थे। अब वही, वर्षों से कह रहे हैं कि सब सह लो। अन्याय, अत्याचार करने पर किसे मारो और किसे न मारो, इतनी बारीक रेखा है कि आदमी कैसे अलगाए? इतनी मोटी-सी बात कि तुमसे जो बद्‌तमीजी करे, उसे कस कर, करारा जवाब दो, कैसे कहें? यही इतना, पाँच साल से चाहकर भी नहीं कह पा रहे थे। या कह-कहकर बदल रहे थे।

अचानक उन्होंने अपने को रूबीना के सामने वही सवाल करते पाया–"वहाँ सब ठीक तो है?"

इस बार रूबीना ने सिर हिलाकर अपनी लज्जा जाहिर की और बेटियों ने मुँह के हाव-भाव से अपना ग़ुस्सा। इससे वे आहत हुए।

"करो, करो, तुम लोग बात।" उन्होंने फिर कहा।

उनके कहने पर भी कोई बात शुरू नहीं हो सकी। वे लौट पड़े। सचमुच शर्मिन्दा।

पिछले पाँच सालों में वे अपनी बाक़ी लड़कियों के प्रति अगाध दया भाव से भर आए थे और दुनिया भर की लड़कियों के लिए उनमें अचानक चिन्ता भाव पैदा हो गया था। अतः वे रूबीना के लिए अनजाने ही चिन्तित हो गए। उन्हें अख़बार की तमाम तमाम ख़बरें याद आईं। भारतीय विवाह अधिनियम, क्रिमिनल लॉ, हिन्दू और मुस्लिम पर्सनल लॉ...जैसी तमाम बातें भी दिमाग़ में घूम गईं, जिनके बारे में उन्हें मामूली जानकारी तक नहीं थी। इसी क्रम में उन्हें इमराना बलात्कार कांड की याद आई। अपने ही ससुर के बलात्कार की शिकार और इस बात की शिकायत पर नगर भर ढिंढोरा। हुआ क्या? कुछ पता नहीं। सारी कहानी पूरी कहाँ बताते हैं अख़बार वाले!

कम-से-कम किसी अख़बार या किसी न्यूज़ चैनल की किसी ख़बर से वे इससे पहले तक इस तरह विचलित नहीं हुए थे। ज़्यादा से ज़्यादा 'दुनिया बहुत बुरी हो गई है' या 'रसातल में जा रहा है संसार'...जैसा कुछ कहकर रह जाते थे।

वे अचानक दुनिया बदलना चाहने लगे थे। दरअसल यह अचानक नहीं था। वे बहुत सालों से ऐसा चाहते थे। लेकिन तब वे अपनी इस चाहनेवाली बात पर गौर करना ज़रूरी नहीं समझते थे। अब लगता था कि ऐसा नहीं हुआ तो कैसे चलेगा? अब तो निहायत छोटी और जिन्हें वे रोज़मर्रा की बात कहते थे, ने उन्हें भीतर तक बेचैन कर दिया था।

एक बार शैलजा की शादी के कुछ महीने बाद जब वे उसे कुछ दिनों के लिए लेकर आए थे, उसने तभी सारे परिवार के सामने अन्याय के विरुद्ध अपनी

जंग की कहानी सुनाई थी। तब उन्हें हलकी-सी उम्मीद हुई थी कि शैलजा सब सँभाल ले जाएगी। बल्कि ससुराल में खाना बन्द किए जाने के ख़िलाफ़ शैलजा ने जब रात में उठकर रसोई के सारे बर्तन पटके तो यह सुनकर वे हलके-से ख़ुश भी हुए थे। यह उम्मीद और ख़ुशी उनके मन में थी। इसे उन्होंने जाहिर नहीं किया। पत्नी और सारे परिवार ने मिलकर अलबत्ता उसे डराया था कि सह लेना चाहिए था, पलटकर ऐसा नहीं करना चाहिए और यह भी कि शैलजा को अब बचपना छोड़कर एक समझदार औरत की तरह व्यवहार करना चाहिए। इतना सब नहीं सहन करेगी तो परिवार कैसे चलेगा? बहनें हैं आगे शादी को। भाग कर, कहीं से कहीं शरण ले लेना कोई उपाय नहीं है। शरण वाली बात इसलिए विशेष रूप से समझाई गई थी कि शैलजा ने यह कह दिया था कि 'वह ऐसे स्वर्ग में नहीं जाना चाहती'। तो उसे दी जानेवाली ये दलीलें इतनी भावनात्मकता के साथ रखी गई थीं कि शैलजा हिल गई और रोने लगी। पछताने लगी कि बर्तन पटककर उसने भयंकर भूल की थी और अब उसे ससुराल में इसके लिए कभी माफ़ी नहीं मिलेगी। वे चुप थे। इस तरह सहमत थे। इस तरह पति पत्नी, बहनों और पड़ोसियों ने उसे और अधिक विनम्र बनाकर वापस भेजा था।

अचानक एक बार फिर उन्होंने अपने को रूबीना के सामने कुछ पूछते पाया। अब पत्नी उठकर उन तक चली आई। पर वे पूछते रहे।

"क्या शैलजा झगड़ालू है?"

"नहीं तो।"

वे पत्नी की तरफ़ देखने लगे।

"तुम तो कहती थी। झगड़ती हैं सब, कहीं रह न पाएँगी।"

"मैंने ये कब कहा? क्या करूँ सहना सिखाना पड़ता है।" पत्नी ने कुछ नाराज़गी और ग़ुस्से से कहा।

क्या सहना?

अन्याय, अत्याचार...?

वे देर तक पत्नी को नहीं देख सके। लौट पड़े। और बेचैन। इस सबके बीच वे भूल ही गए कि उनकी एक बाँह में हलका-सा दर्द है और स्कूटर से कुछ देर पहले ही वे गिरकर बचे हैं।

"बस, बहुत हुआ।" उन्होंने अपने आप से कहा और पत्नी को आवाज़ लगा दी।

पत्नी के आते ही वे कहना चाहते थे कि 'बस, बहुत हुआ' जैसा कि उन्होंने बस, चन्द मिनट पहले ही सोचा था। इसके आगे वे यह भी कहना चाहते थे

कि वे बस आज ही शैलजा को लेने निकल जाएँगे। उनका बैग लगा दें। बस, आज ही। कोई भी बस पकड़ लेंगे। लेकिन पत्नी के आते ही वे कुछ और कहने लगे। जैसे–"देखो, सबकी कैसी-कैसी क़िस्मत होती है। लड़कियाँ भी अपना भाग्य ख़ुद लेकर आती हैं। रूबीना को देखो, इतनी देर में शादी हुई और ख़ुशी से..."

"भाग्य क्या होता है? सोचने समझने की ज़रूरत होती है।" पत्नी ने बहुत धीरे-से कहा। वे अवाक् रह गए। पत्नी अपना एक विचार भी रखती थीं और उनकी बात के एकदम उलट भी कह सकती थीं!

वे हड़बड़ाकर बोले–"भाग्य तो तुम्हें मानना ही होगा शैलजा की अम्माँ। ऐसा सोचती थीं तो पहले क्यों नहीं बोलीं?"

"जब-जब बोली, आप व्यस्त रहे।"

क्या वे सचमुच व्यस्त थे? इतने सालों से! पत्नी पर उनका ध्यान ही नहीं गया! बातचीत का कोई मौक़ा ही नहीं आया? ये कैसी दूरी रह गई उनके रिश्ते में? कैसी दुनिया में रह रहे हैं वे लोग? कैसे चलाए जा रहे हैं? क्यों चलाए जा रहे हैं? बदलना होगा यह सब...

इसी बीच, जब वे विचारों के तेज़ प्रवाह में थे, उनसे मिलने गुप्ता जी आ गए। गुप्ता जी उनके पुराने परिचित थे। उनके आने की बात सुनते ही वे गुप्ता जी की तरफ़ दौड़े। इससे पहले कि वे अपनी आज की मनःस्थिति और निर्णय गुप्ता जी को सुनाते, गुप्ता जी बोल पड़े–"जल्दी में हूँ सुदामा। सब काम छोड़ छाड़कर आया हूँ समझो। एक ठो बढ़िया रिश्ता मिल रहा है। चलो, देख आओ। लड़का नौकरीवाला है। कब से घर आया था लेकिन हमें ही देर से पता चला। अब तो उसके जाने का बख़त आ गया। चलो, तैयार होकर आओ। मौक़ा हाथ से न निकल जाए। समझो कि वहाँ अपना दबाव भी बन सकता है। ऑटो रिक्शा रुकवाए हुए हैं।..."

वे कृतज्ञ हो उठे। अन्दर आकर जल्दी-जल्दी पैंट शर्ट पहनकर तैयार हुए। झोले में धोती गमछा रखा और चलते-चलते अजीब-सी आवाज़ में पत्नी से कहने लगे–"कल किसी से दफ़्तर में ख़बर करवा देना। अब गुप्ता जी समय निकालकर आए हैं तो हो आते हैं। उन्हीं के साथ लगे हाथ आगे जाकर दूसरा वाला रिश्ता भी देख आएँगे। गुप्ता जी बातचीत में निपुण आदमी हैं। सँभाल लेंगे।"

झोला उठाकर चलते हुए वे एक पल को ठहरे। एक पल को ही उन्हें लगा कि पत्नी कुछ कहना चाह रही थीं पर अगले ही क्षण वे गुप्ता जी के साथ ऑटो रिक्शा में बैठ गए।

ठीक इसी समय न्यूज़ ब्रेक हो गया। ब्रेकिंग न्यूज़ के सामने पत्नी खड़ी रह गईं।

'एक लड़की दिल्ली की सड़कों पर सिर्फ़ पैंटी और ब्रा में भागी जा रही थी। ससुराल से छूटी लड़की पुलिस थाना खोज रही थी। उसे पकड़ लिया गया है। पूछे जाने पर लड़की ने ससुराल के अत्याचार की भयानक कहानी सुनाई है।'

इसके बाद रिपोर्टर ने और जोश में कहना शुरू किया–"देखिए, भारतीय सभ्यता, संस्कृति पर कितना, कितना बड़ा तमाचा है यह। लड़कियाँ शर्म लाज छोड़कर अब ऐसा क़दम उठा रही हैं! उदाहरण है ये भले घर की बहू, जो अर्धनग्न अवस्था में दिल्ली की सड़कों पर भागती हुई पाई गई। और ये देखिए, उसकी पीठ, बाँह पर कटे-फटे के निशान। निशान गवाह हैं उसकी दर्दनाक दास्ताँ के। निशान गवाह हैं कि उसकी कहानी झूठी नहीं है। निशान चीख-चीखकर कह रहे हैं उसके दुखों की दास्ताँ..." इसके बाद रिपोर्टर कुछ लोगों के विचार लेने लगता है। पुलिस, आम आदमी, नेता...कई तरह के लोग, कई तरह की बातें कर रहे हैं। फिर वही, बार बार वही दृश्य, चौबीस घंटों के लिए वही दृश्य...। एहतियातन लड़की की तसवीर को पीठ की तरफ़ से, धुँधला कर के दिखाया जा रहा है। साफ़-साफ़ दिखाना जनता की कामोत्तेजना को भड़काना होगा। पत्रकारों, चैनलों, व्यवस्थापकों...ने इसका ख़याल रखा है।

ऐसी, कटी-फटी, नीली-पीली देहवाली लड़की

ऐसी, क़ैद से छूट पड़ी लड़की

ऐसी, दिल्ली की सड़कों पर, कपड़ों की परवाह किए बिना भागती लड़की

ऐसी, कितने शहरों के, कितनी सड़कों पर, नंगी भागती पूरे हिन्दुस्तान की लड़कियाँ कामोत्तेजना का केन्द्र हो सकती हैं?

बलात्कार की शिकार–!

ऐसी कितनी ही लड़कियाँ, नंगे होने को देख लिए जाने के डर से क़ैद से नहीं भाग पाईं।

ये भाग आई।

इसने रास्ता खोल दिया।

पत्नी चुपचाप भीतर आईं और अपने पुराने बक्से से अब तक जोड़ी पूँजी निकालकर उस सड़क की तरफ़ भागीं, जिधर से दिल्ली जानेवाली बस मिलती।

मेरे हमदम, मेरे दोस्त

आज फिर सुबोधिनी को लगा कि उसके पीछे-पीछे कोई ऐसे चल रहा है, जैसे पीछा कर रहा हो। वह और तेज़ चलने लगी। रिक्शा नहीं मिल रहा था। सुबह के दस बजने वाले थे और धूप बहुत तीखी हो गई थी। रिक्शा मिल जाता तो समय से दफ़्तर पहुँच जाती, वरना पाँच-दस मिनट देर हो सकती है। दो-तीन ऑटो रिक्शा बगल से गुज़रे पर सुबोधिनी ने उन्हें नहीं रोका। हाथ रिक्शा और ऑटो रिक्शा के किराए में ज़मीन आसमान का अन्तर लगता था उसे।

देर हो जाए तो दफ़्तर में डाँट सही जा सकती थी, ऑटोरिक्शा का किराया नहीं सहा जा सकता था।

इस समय हाथ रिक्शा की ज़रूरत ज़्यादा थी क्योंकि पीछे कोई चल रहा था। चल नहीं रहा था, पीछा कर रहा था। जब भी वह दफ़्तर जाने के लिए पैदल निकलती, कोई उसका पीछा करने लगता। इससे वह लगातार भयभीत और परेशान बनी रहती। एक दिन उसने पीछा करनेवाले आदमी को रोककर ज़ोर से पूछा कि आख़िर वह उसका पीछा क्यों कर रहा है? लेकिन यह पूछने के साथ ही वह यह देखकर हैरान रह गई कि वह आदमी उसका भूतपूर्व पति था। पूर्व पति ने गरजकर कहा–''सड़क तुम्हारे बाप की नहीं है। आशी को मुझे दे दो नहीं तो जीना मुहाल कर दूँगा।''

''लेकिन कानून का फ़ैसला तो आपको मानना पड़ेगा।''

''कानून की धमकी मत दे। कसम खाई है मैंने, जब तक बच्ची को तुमसे छीनकर अम्मा की गोद में नहीं डाल देता, चैन से नहीं बैठूँगा।''

उसकी इस धमकी पर सुबोधिनी उखड़ गई–''कैसे छीन लोगे? मैं भी देखती हूँ! मेरे पीछे आए तो ठीक नहीं होगा! जाओ, यहाँ से, जाओ, जीने दो हमें।''

इस लड़ाई झगड़े में सुबोधिनी को देर हो गई। दफ़्तर पहुँचते ही हमेशा की तरह सामने की कुर्सी पर बैठे बड़े बाबू दिखे। जो भी दफ़्तर में घुसता, वह बड़े बाबू की इस कुर्सी को पार कर के ही अपनी जगह तक जा सकता था। कुर्सी उस समय इतनी पर्वताकार लगती कि उसे पार कर के अपनी कुर्सी तक पहुँचना दुनिया का सबसे कठिन काम लगता। बड़े बाबू थे भी ऐसे, लम्बे चौड़े, ख़ूब चौड़ी चपटी नाक, सिर के सारे बाल गायब। उनका व्यक्तित्व कुछ अलग तरह का भय पैदा करता था। उसे देखते ही बड़े बाबू चिल्लाए–''ये है आपके दफ़्तर आने का समय? घड़ी देखिए मैडम। घर बना रखा है इसे, जब मन करेगा, आएँगी? रजिस्टर पर हस्ताक्षर नहीं करने दूँगा। आधे दिन की छुट्टी लगाइए।''

बड़े बाबू का चिल्लाना कुछ अलग तरह का चिल्लाना होता। उनकी आवाज़ कौवे की आवाज़ जैसी तीखी, रूखी और नाक से निकलती हुई सी थी। उनके वाक्य के आख़िरी में कौवे की काँव की तरह 'हाँव' या 'काँव' जैसा कुछ ध्वनित होता था। इसीलिए जब उन्होंने कहा कि 'आधे दिन की छुट्टी लगाइए' तब उसके पीछे 'लगाइए हाँव' जैसा ध्वनित हुआ, जो उस किसी को अनिश्चय में डाल देता जो बड़े बाबू को नहीं जानता था। 'हाँव' 'हाँ या न' जैसा ध्वनित हो जाता। सुबोधिनी को यहाँ कुछ दिन ही हुए थे, वह घबड़ाकर बोली–''नहीं सर। सॉरी सर।''

''देखा, देखा! महारानी विक्टोरिया एक घंटा लेट आएँगी और छुट्टी भी नहीं लेंगी!''

बड़े बाबू पलटकर चीखते हुए गए और उपस्थिति रजिस्टर को झपटकर उठा लाए।

''नए-नए आए लोगों का तरीक़ा तो देखो! हाँव!''

बड़े बाबू थोड़ा रुककर फिर बोले–''आधे दिन की छुट्टी नहीं लेंगी तो पूरे दिन की छुट्टी लेनी पड़ेगी। हाँव।''

इस बार सुबोधिनी ने सावधानी से कहा–''हाँ। आधे दिन की।'' इसके आगे उसकी हिम्मत नहीं रह गई। आधे दिन की तनख़ाह के जाने की तकलीफ भीतर-भीतर सहन कर गई।

बड़े बाबू ने रजिस्टर उसकी तरफ़ फेंक दिया।

रजिस्टर 'धपाक' की आवाज़ के साथ मेज़ पर और सुबोधिनी के आधे दिन की तनख़ाह पर एक साथ गिरा।

सुबोधिनी धीरे-धीरे चलकर अपने हिस्से की कुर्सी पर बैठ गई, उसकी कुर्सी की बगल में गोपाल बाबू की कुर्सी थी। गोपाल बाबू उम्र में उससे बड़े

थे। रहे होंगे कोई चालीस के क़रीब। पर वे अपने को चालीस के क़रीब नहीं मानते थे। वे हमेशा मुस्कराते हुए रह-रहकर अपने बाल सँवारा करते थे। यह लत उन्हें किशोरावस्था से ही लग गई थी। बात करते-करते बीच में कोई रसभरी बात चल निकलने पर हलका-सा लजा जाते थे। कान लाल हो उठते थे। पर ऐसा नहीं था कि वे रसभरी बातों से बचते थे, बल्कि वे तो कहीं-न-कहीं से इन्हीं बातों को छेड़-छेड़कर लजाते हुए आनन्द उठाते रहते थे। आँखों में अंजन नहीं लगाते थे, पर आँखें कजरारी लगती थीं। अपने कुल हाव-भाव में वे अपनी किशोरावस्था में ठहर गए थे। लोग उन्हें उनके पीठ पीछे गोपाल बाबू न कहकर छैला बाबू कहते। वे इस पीठ पीछे वाली बात को जानते थे और सामने कभी 'छैला' शब्द निकल आने पर लजाते हुए आनन्दित होते थे। वही छैला बाबू उर्फ गोपाल बाबू, सुबोधिनी की कुर्सी की बगल की कुर्सी में धँसे थे, लपककर पूछने लगे–"क्या हुआ? कोई परेशानी थी?"

"अब हो गई देर, क्या करें?"

सुबोधिनी इनसे कुछ कहना नहीं चाहती थी। अभी एक-दो दिन पहले ही उसने अपने लिए दफ़्तर में किसी को कहते सुना था–'आदमी ने छोड़ दिया है बेचारी को।' जब कि असलियत में तंग आकर उसी ने छोड़ दिया था। ज़्यादा दुखड़ा रोएगी तो अगले दिन से कई जगह उसी का नाम सुनाई दिखाई पड़ेगा। जैसे कि टीना का नाम। बाथरूम की दीवारों तक पर लिखा दिखता है। थक हारकर टीना ने यहाँ से ट्रांसफर लिया था।

लेकिन आदमी भागकर कहाँ तक जाएगा?

"बड़े बाबू तो जल्लाद हैं।" छैला बाबू उर्फ गोपाल बाबू ने धीरे से कहा।

"अपनी परेशानी मुझसे कहिए मैडम। मन की बात कह लेने से मन हलका हो जाता है।" छैला बाबू ने और भी मुलायम स्वर में लजाते हुए कहा।

"वही रोज़ की कहानी..." सुबोधिनी को उनके स्वर का मुलायमपन भला लगा।

"वैसे आपका नाम बहुत सुन्दर है। क्या मतलब होता है इसका?" यह कहकर वे मुस्कराते रहनेवाले अपने स्थायी भाव के साथ और लजाए। उनके कान लाल हो गए और मन आनन्दित हो उठा।

इस पर सुबोधिनी, जो पलभर पहले अपना दुख कह देने को आतुर हो आई थी, चौंक गई। रोज़ ये आदमी इसी तरह की बातें करता है। इसने यहाँ जीना मुहाल किया है, उसने उधर।

"वैसे आप मुझसे उम्र में छोटी हैं। शादी जल्दी हो गई होगी न!"

फिर से मुस्कराते लजाते छैला बाबू ने कहा।

सुबोधिनी ने इस पर जवाब नहीं दिया। तब छैला बाबू ने और भी धीरे स्वर में कहा–"बच्ची तो आपकी माँ के पास रहती है। है न! यहाँ रह भी नहीं सकती। है न! आप डरती हैं, है न! हैरान मत होइए, एक ही जगह काम करते हैं तो एक दूसरे के बारे में जानना फ़र्ज़ है। फिर अकेले तो आपका मन नहीं लगता होगा? है न! अकेला जीवन भी क्या है? कितना बोर होती होंगी आप!"

"नहीं! आप अपने काम से मतलब रखिए।" झल्लाकर सुबोधिनी ने कहा और मुँह घुमाकर अपने काम में लग गई। लेकिन छैला बाबू ने बच्ची के दूर रहने के दर्द को खरोंच दिया था। वह अपनी तीन साल की बच्ची की कोमल मोहक शरारतों की याद में खोने लगी कि तभी अचानक शर्मा जी कोई काग़ज़ का बंडल लिये-दिये ख़ुद उसकी टेबल के सामने आकर बैठ गए।

"अब इतनी सी दूरी के लिए चपरासी से क्या कहता?" शर्मा जी ने अपने आने का तर्क बिना पूछे ही रख दिया।

"आज फिर पीछा कर रहा था क्या?" शर्मा जी ने काग़ज़ का बंडल रखने के बाद धीरे से पूछा।

"रोज की बात है।" उसके चेहरे की झल्लाहट नहीं छिपी। जिस दिन वह पीछा नहीं करता, उस दिन कोई और करता है। क्या पता इनमें से कोई हो या इनका साथी मित्र! उसने मन-ही-मन सोचा।

"आपकी भी मुसीबत है मैडम! बहुत सहन करती हैं आप। ईश्वर कष्ट देता है तो उसे सहन करने की ताक़त भी देता है।" कहकर शर्मा जी ने अपने गले में पहने काले धागे में बँधे शंकर जी के नग वाले लॉकेट को छूआ।

"दिमाग में टेंशन न रखिए, ईश्वर सब ठीक करेगा।" कहकर शर्मा जी ने बड़े दुलार से भरकर उसके हाथ को सहलाना चाहा। लेकिन "जी" कहकर उसने हाथ हटा लिया। शर्मा जी जब भी सान्त्वना से भर उठते तो महिला कर्मचारियों के हाथ सहलाने लगते और द्रवित होने पर पीठ थपथपाते और उससे भी ज़्यादा पिघलने पर सिर से पीठ तक सहलाते हुए हृदय से लगा लेते। यद्यपि वे अपने बुजुर्ग होने की आड़ बराबर बनाए रखते तब भी उनके हाव-भाव में कुछ ऐसा होता जिससे महिला कर्मचारी उनसे दूर भागतीं।

शर्मा जी को ईश्वर पर अगाध आस्था थी, इतनी कि वे तमाम फाइलें ईश्वर के भरोसे रख देते थे। फिर ईश्वर कोई चमत्कार करता था और फाइल को खिसकाने का इन्तज़ाम हो जाता था। कोई-न-कोई इतना मजबूर होकर आता और फ़ाइल पर वजन रखने को तैयार हो जाता। जो मजबूर होकर आता,

उसका ईश्वर पता नहीं कहाँ होता। इसलिए ईश्वर के सब ठीक कर देने वाली बात पर सुबोधिनी को भरोसा नहीं था। अपने तलाक़ की लड़ाई में उसने इसे साफ़ देख लिया था।

वह सोकर उठी और रोजाना के अभ्यासवश अनमनेपन से अख़बार पलटा। अख़बार मकान मालिक का होता था पर जिस तरह वह आता, पहले सुबोधिनी के दरवाज़े पर गिरता। बाद में सीढ़ियों से उतरकर मकान मालिक का लड़का आता और अख़बार ले जाता। कभी सुबोधिनी उसके आने के पहले ही अख़बार सीढ़ी पर रख देती या ऊपर जाकर दे आती और अख़बार देते हुए मकान की एकाध परेशानियाँ भी कह आती। मकान मालिक को अख़बार दे देने के पहले सुबोधिनी उसे जल्दी-जल्दी खोलकर ख़बरों के शीर्षक देख लेती और उसी आधार पर दुनिया को जान लेने के अपने भ्रम को बनाए रखती। आज क्या हुआ कि उसने अभ्यासवश अख़बार खोला और जल्दी जल्दी ख़बरों पर नज़र डाल रही थी कि एक ख़बर ने उसे रोक लिया। वह उसे विस्तार में पढ़ने लग गई और इस तरह अख़बार मकान मालिक को दे देने में देर होती चली गई।

ख़बर थी कि अमेरिका में बच्चे की कस्टडी को लेकर हुए झगड़े में पति ने पत्नी को गोली मार दी थी। सुबोधिनी इस ख़बर से भीतर तक दहल गई। यहाँ तो आए दिन की बात है, पति अपनी पत्नी को कुल्हाड़ी से काट देता है, मिट्टी का तेल डालकर जला देता है, ज़मीन में गाड़ देता है, कमरे में बन्द करके पीटता है, खुलेआम पीटता है, खाना-पीना कभी भी बन्द किया जा सकता है...

कभी वह मन-ही-मन सोचती थी कि तलाक़ का कानून अच्छा बन गया है। कम-से-कम औरतें जीवनभर शारीरिक मानसिक प्रताड़ना के लिए मजबूर तो नहीं रहेंगी। लेकिन हक़ीक़त क्या है? तलाक़ हो जाए तो भी चैन की साँस नहीं मिल सकती! तलाक़ मतलब ही जीवनभर की दुश्मनी!

इतने में मकान मालिक का सबसे छोटा नौ दस साल का लड़का सीढ़ियों से उतरकर आया और सुबोधिनी के हाथ से अख़बार छीनकर 'हमारे घर का न्यूज़ पेपर' कहता हुआ चला गया। सुबोधिनी इस तरह अख़बार छीने जाने से आहत हो उठी। मकान मालिक और किराएदार के भेद को वह जानती थी, इसलिए मुड़कर अपने दरवाज़े के भीतर चली गई और अपनी दिनचर्या में लग गई। लेकिन ख़बर ने उसे चैन न लेने दिया। वह कभी ख़बर के बारे में सोचती

तो कभी विदेशों में औरतों की स्थिति के बारे में। कभी हिन्दुस्तान के बारे में सोचती तो कभी अपनी स्थिति के बारे में। रह-रहकर बच्चे के बारे में भी सोचती, जो भावी पीढ़ी के रूप में अख़बार झपटकर अपनी चीज़ की पहचान करता चला गया था।

इसी सब में घबड़ाती-घबड़ाती सुबोधिनी रिक्शा खोजती दफ़्तर के लिए चली जा रही थी कि फिर वो दिख गया। वही, उसका भूतपूर्व पति। वह तेज़ चलती, पर वह जितना तेज़ चलती, भूतपूर्व पति भी उतना ही तेज़ पीछे आता।

''सज धज के कहाँ चली, आशिकों से मिलने?'' उसने फ़िक़रे कसने शुरू किए फिर अचानक आगे बढ़कर उसकी बाँह पकड़ ली–''क्या समझती है तू अपने को? देख तेरी कैसी गत बनाता हूँ। कोर्ट कचहरी करेगी? औलाद छीन लेगी?''

भूतपूर्व पति का बाँह पकड़ना था कि सुबोधिनी भी आपे से बाहर हो गई।

''तेरी इतनी हिम्मत!'' उसने चप्पल निकाला और लपकी। आदमी ने पीछे हटते हुए उसकी चोटी पकड़कर खींची। सुबोधिनी गिरते-गिरते बची। मारपीट ग़ाली-ग़लौज बढ़ गई। लोग इकट्ठा होने लगे। इतने में एक सिपाही न जाने कहाँ से, किस दिशा से अवतरित हो गया और झगड़ा छुड़ाकर थाने ले चलने की बात करने लगा। इसी समय ऑटो रिक्शा से बड़े बाबू उधर से गुजरे।

''अरे अपनी मैडम!'' उन्होंने इतनी हैरानी और इतने धीरे से कहा कि उनके वाक्य के अन्त में निकलने वाली 'हाँव' की ध्वनि नहीं सुनाई पड़ी। ऑटो उन्होंने रोक लिया और दौड़कर भीड़ के बीच पहुँच गए। सिपाही ने 'चलो थाने' की गर्जना के साथ भूतपूर्व पति की बाँह पकड़कर खींचा। 'चलो मैडम, वहीं देखेंगे।' उसने औरत से कहा।

सुबोधिनी की हालत अस्त व्यस्त थी, चेहरा लाल था, आँखें अंगारे बरसा रही थीं। तभी बड़े बाबू ने कहा–''ऑटो में चलिए। मैं भी साथ चलता हूँ।''

सुबोधिनी कुछ कहने की हालत में नहीं थी। बेहद शर्मिन्दगी की स्थिति से जूझते हुए उसके मुँह से सिर्फ़ इतना निकला–''लेकिन सर...''

''दफ़्तर के लिए निकला था। फोन कर दूँगा वहाँ। मैं आपके साथ थाने चलता हूँ। बैठिए ऑटो में।''

बड़े बाबू का आना सुबोधिनी को किसी अपने के आ जाने जैसा लगा।

पल भर में उसकी अंगारे बरसाती आँखों में बरसाती नदी उमड़ आई।

बड़े बाबू सुबोधिनी के साथ थाने पहुँचे। वहाँ सारी कार्यवाही में उन्होंने बड़े अपनेपन से सुबोधिनी का साथ दिया। अपनी सुरक्षा की माँग करते हुए

सुबोधिनी को एक शिकायती पत्र लिखने की सलाह भी दी। सुबोधिनी को यह सलाह ठीक लगी। उसने शिकायती पत्र लिखकर एफ.आई.आर. दर्ज करवाया। सुबोधिनी के मन में बड़े बाबू की पुरानी छवि टूट रही थी। वे एक सहृदय सहयोगी व्यक्ति की तरह सामने खड़े थे। उसने भावुक होकर सोचा–'बड़े बाबू का दिल और ही तरह का है।'

फिर दोनों साथ दफ़्तर आए। बड़े बाबू ने ऐसा दिखाया जैसे वे सुबोधिनी को सम्भालते हुए साथ लेकर दफ़्तर पहुँचे हों। सुबोधिनी को यह अच्छा नहीं लगा। यही पूरे दफ़्तर के सामने उनका ऐसा दिखाना। लेकिन कृतज्ञतावश उसने इसे नज़रअन्दाज़ कर दिया।

बड़े बाबू ताड़ गए। भावुक आदमी कमज़ोर हो जाता है। वे विजेता भाव से मन-ही-मन मुस्कराए और ऊपर-ऊपर से गम्भीरता दिखाते रहे। लेकिन उनका चेहरा कमल के फूल की तरह खिल गया था और आँखों में एक अनोखी ज्योति दिपदिपा रही थी।

"आप यहीं बैठिए!" उन्होंने दफ़्तर में घुसते ही सुबोधिनी के लिए अपनी कुर्सी के पास कुर्सी लगवाई।

"जरा भागकर चाय ले आओ! मैडम थकी हैं।" उन्होंने चपरासी को तत्काल दौड़ाया।

दफ़्तर में सबकी नज़रें उन पर थीं। कुछ लोग उठकर पास चले आए थे। सबको बड़े बाबू के देर से आने का कारण पहले से पता था। बड़े बाबू ने फोन पर कहा था कि 'मैडम को उनकी मदद की दरकार है। कोई मदद माँगे तो वे न नहीं कर सकते। इतने भी पत्थर नहीं हैं। मैडम तो अपने यहाँ की ठहरीं। इसी चक्कर में थाने में फँसे पड़े हैं। अब चाहे सारा दिन ही स्वाहा क्यों न करना पड़े।' यह कहकर बड़े बाबू ने फोन रख दिया था। फोन पर आँख नहीं मारी थी। लेकिन सूचना लेनेवाले क्लर्क को ऐसा आभास हुआ था कि उन्होंने आँख मारी है। इसलिए उसने आभासी सत्य को असली सत्य की तरह अपने अगल-बगल बाँटा था। बात में बिजली के करंट-जैसा दम था। कई लोग जल-भुन गए कि ऐसे मौक़े पर वे क्यों न उस राह से गुजरे। मौक़ा गँवा देने का गम छैला बाबू उर्फ गोपाल बाबू को भी था और शर्मा जी को भी। छैला बाबू ने तो 'मैं होता तो यह करता, वह करता...' कहकर कुछ हद तक अपना ग़म ज़माने को सुना दिया था, पर शर्मा जी दबा ले गए थे। इसलिए बड़े बाबू के साथ सुबोधिनी के दफ़्तर में घुसते ही सबकी नज़रें उन्हीं पर टिक गईं। जो लोग बड़े बाबू के इर्द-गिर्द पहुँच गए थे, उन्हें सीधा सीधा सम्बोधित कर के

और बाकियों को अप्रत्यक्ष रूप से सम्बोधित कर के बड़े बाबू ने वाकये को संक्षेप में सुनाया। उस पूरे वाकये में मौक़ा ए वारदात पहुँचकर हालात को काबू में कर लेनेवाले हीरो वे ख़ुद थे।

"बड़े बाबू आज बहुत समय पर आ गए।"

पहले तो सुबोधिनी ने बड़ी कृतज्ञता और अपनेपन से कहा। लेकिन बड़े बाबू जिस तरह से वर्णन करते और बीच-बीच में कहते–"पूछिए इनसे", उससे सुबोधिनी अहसान के बोझ से दब उठती और बड़े बाबू की दया मूर्ति और पर्वताकार हो उठती। सुबोधिनी और ज़्यादा बेबस।

"मैंने इन पर कोई अहसान नहीं किया है। बस, कलीग होने का फ़र्ज़ निभाया है। चाय लीजिए मैडम।"

बड़े बाबू ने अपने हाथ से चाय उन्हें पकड़ाया। उन्हें प्रेमपूर्वक निहारकर बड़े बाबू ने पुलकित भाव से कहा–"आज की इनकी आधी छुट्टी मत लगाइए। बड़ी परेशानी में हैं मैडम। अब क्यों परेशान हैं मैडम? अरे छोड़िए, छोड़िए, परेशानी लादकर घूमने की ज़रूरत नहीं। मैं हूँ न आपके साथ। कहीं कोई दिक्क़त हुई थाने में? पूछिए इनसे? कल फिर चलिएगा मेरे साथ। बल्कि मैं तो कहता हूँ कि आप मेरे साथ ही आएँ जाएँ। किसी की हिम्मत नहीं होगी कि छू सके।...अब से इनकी कुर्सी भी मेरे ही पास लगवाइए।"

बड़े बाबू कभी दफ़्तर को, तो कभी सुबोधिनी को सम्बोधित करते। वे अभिभावक, प्रेमी, मालिक, बॉस...की मिली-जुली बहुत-सी भावनाओं के साथ कहे जा रहे थे, जब सुबोधिनी उनके पास की कुर्सी से उठकर अपनी कुर्सी पर जाकर बैठ गई।

"आज की आधे दिन की छुट्टी लगा दी है सर।" उसने वहीं से बड़े बाबू सहित दफ़्तर को सुनाया और अपनी मेज़ पर इकट्ठा हुए काम को देखने लगी।

"अरे, अरे, जब मैं साथ था, तब काहे की आधे दिन की...आज का माफ़। आपको डरने की कोई ज़रूरत नहीं है। यहाँ आइए! यहाँ बैठिए!"

बड़े बाबू कहते रहे। वह नहीं उठी।

'बड़े बाबू का दिल भी...' उसने लज्जित मन से सोचा।

सड़क मुस्तक़िल

भीड़ थी ही।
और बढ़ गई है।
अचानक।
नदी उमड़ आई है।
आदमियों की नदी।
गाड़ियों में लदे आदमियों की नदी।

एक मोटरसाइकिल वाला जैसे-तैसे उसे चीरकर निकलने की कोशिश कर रहा है। किसी बच्चे की एक हवाई चप्पल सड़क के बिलकुल बीच में छूटी पड़ी थी। भीड़ ने उसे खिसकाकर इधर-उधर कर दिया है। तरह-तरह की गाड़ियाँ ठक् से आकर भीड़ के पीछे रुक गई हैं। भीड़ के केन्द्र में एक औरत चिल्लाकर कुछ कह रही है। औरत नाटे क़द की है। आटे की लोई जैसी गोरी है और थोड़ी मोटी। उसकी उम्र का अन्दाज़ किया जाए तो यही कहा जाएगा कि होगी कोई चालीस पैंतालीस के आसपास। माथे पर उसने एक छोटी-सी नीली बिन्दी लगा रखी है। बाल काले हैं। इतने काले कि उनका कालापन किसी भी कालेपन को मात दे सकता है। शायद किसी सस्ते डाई से काले बनाए गए हैं। होंठों पर चटक लाल लिपिस्टिक है। उसने गहरे नीले रंग का चमकदार-सा पीली बुन्दियोंवाला, सौ प्रतिशत सिंथेटिक सलवार कुर्ता पहना है और गहरे नीले रंग का चमकता सा दुपट्टा गले में डाले हुए हैं। उसका एक हाथ उठा हुआ-सा भीड़ की तरफ़ है और दूसरा, उसके ठीक पीछे खड़े स्कूटर की तरफ़।

औरत हाथ उठाकर जिस स्कूटर की तरफ़ इशारा कर रही है, वह आसमानी रंग का है। उसकी आगे की हेडलाइट टूट गई है, जिसके कुछ टुकड़े

इधर-उधर बिखरे हुए हैं, जो गवाह हैं कि ये टूटना एकदम ताजा है। इसी आसमानी स्कूटर पर एक मरियल सा बुड्ढा बैठा हुआ औरत को बिना पलक झपकाए पीछे से देख रहा है। उसका लम्बा चेहरा सूखी लौकी की तरह लटका हुआ है। गाल पिचके हैं। उसने पूरी बाँह की हल्की धारियों वाली, हलकी पीली बुशर्ट पहनी है और स्कूटर की हैंडल को ड्राइवर वाले अन्दाज़ में पकड़े खड़ा हो गया है। लेकिन स्कूटर और औरत को देखकर कोई भी कह सकता है कि इस आसमानी स्कूटर की असली ड्राइवर ये औरत ही है।

जब मोटी औरत ने चिल्लाकर लोगों को बताया कि स्कूटर बुड्ढा चला रहा था तो एक पल को लोग चौंक से गए। लेकिन औरत के इस हंगामेदार ऐलान ने बूढ़े को पूरे जोश से भर दिया और उसने एकदम बाँके छोरेवाली अदा से स्कूटर को सहलाया।

''मेरे मालिक से बात करो। मैं क्यों दूँ पैसे? मेरी ग़लती नहीं हैं।''

टाटा सूमो से सटकर खड़े पिद्दी से लड़के ने ग़ुस्सा कर कहा।

''तेरे मालिक को कहाँ पाऊँगी कि लडूँगी, जो सामने मिलेगा उसी से हिसाब करूँगी।''

यह कहते हुए औरत ने भीड़ को चीरा और सड़क किनारे से ईंटे का एक अद्धा उठाया और गाड़ी की तरफ़ लपकी।

''अरे, अरे, क्या कर रही हो? मेरी गाड़ी नहीं है। छूना मत। डेंट पड़ जाएगी।''

लड़के ने अधीरता से कहा।

''तू ऐसे नहीं मानेगा। यही है तेरा इलाज। मेरा पैसा ठीकरा नहीं है कि बेकार जाने दूँ! पाई-पाई जोड़ा है। कोई कारू का खाजाना नहीं है रे कि रोज़ कोई हेडलाइट तोड़े तो रोज़ बनबाऊँ।''यह आख़िरी वाक्य औरत ने अद्धा उठाए उठाए पूरी भीड़ को कहा। अचानक ही पिद्दी से लड़के के साथ साथ पूरी भीड़ गुनहगार हो गई।

इसी बीच अधेड़ उम्र के एक सज्जन ने, जिन्हें व्यवस्था और प्रशासन जैसी चीज़ों पर कुछ भरोसा था, ज़ोर से चिल्लाए–''ट्रैफिक पुलिस कहाँ है? बुलाओ भई उसे।''

''बुलाओ, पुलिस बुलाओ। हम भी छोड़नेवालों में से नहीं हैं।''

औरत ने ललकार कर कहा और अपने पास खड़ी टाटा सूमो से सटकर खड़े सूखे से लड़के की तरफ़ गरदन मोड़कर चिल्लाई–

''साले, दूध-का-दूध पानी का पानी यहीं करके जाएँगे।''

''अद्धा तो फेंक!'' किसी ने ज़ोर से कहा।

औरत ने अपने सामने अद्धा ज़ोर से पटक दिया। सड़क हल्की सी वहाँ पर ख़ुद गई। लड़के ने साँस लिया।

''ट्रैफिक पुलिस किधर है?''

जैसे ही पुलिस का नाम आया, लड़का सिटपिटाकर कुछ कहने लगा।

''एक्सिडेंट का केस है।''

पीछे से नई आती भीड़ ने झाँककर अपने से और पीछे को सूचना दी।

इसी में धकमपेल मची थी। लोग अपनी गाड़ी निकालने की जल्दी में थे। दुपहियावाले तो जैसे-तैसे निकाल भी रहे थे।

पुलिस की बात आई तो सामने से सबकी निगाह उठकर वहाँ गई। वहाँ सामने। सामने के सड़क को पार करती, उसकी बाईं ओर सटकर बनी चाय गुमटी की ओर। वहाँ तक, जहाँ भूतपूर्व नौजवान-सा दिखता एक दुबला-पतला आदमी हाथ में चाय का गिलास थामे इधर की तरफ़ ही देख रहा था। देखते हुए आदमी एकदम इत्मीनान से चाय पी रहा था। उसका घिसा हुआ खाकी रंग का शर्ट और पैंट उसकी नाप से बड़ा था। शायद उस समय सिलाया गया हो, जब वह कुछ तन्दुरुस्त रहा हो। एक काला बेल्ट भी था। कुल मिलाकर उसका यह पहनावा वर्दी कहलाता था और लोग इसी से डर जाते थे।

इतने इत्मीनान से उसका चाय पीना भीड़ को अच्छा नहीं लगा।

''महाराज चाय पी रहे हैं।'' किसी ने कहा।

भीड़ बने एक-दो लोग उसकी तरफ़ लपके। उन्हें अपनी तरफ़ आता देखकर भी घिसी हुई खाकी पैंट शर्ट के भीतर फँसे आदमी ने कोई हैरानी या तत्परता नहीं दिखाई। जैसे कि उसने माना ही नहीं कि कोई उसे खोजने भी आएगा। क्यों आएगा भला? भीड़ तो अक्सर लगती छँटती रहती है। और अगर आएगा भी तो क्या? देख लिया जाएगा। सिपाही इस आत्मविश्वास की अद्भुत आभा से दमक रहा था। दो लोग उसके बिलकुल नजदीक आ गए, वह तब भी चाय पीता रहा।

''अब चलेंगे हवलदार साहब! रणचंडी देवी सड़क सिर पर उठाए हैं।''

''कौनो महिला का मामला है क्या?''

सिपाही ने बिना चौंके पूछा और एक अजीब इत्मीनान से चाय का आख़िरी घूँट लेकर कप रख दिया।

''चलो भई। चैन से चाय भी नहीं पी सकते।''

इस तरह कहकर उसने अपने साथ चलते लोगों से इस नौकरी में 'चाय भी न पी पाने की फ़ुर्सत' की निहायत परेशानी के बावत बताया। लेकिन लोग थे कि उसके इस दर्द को जानने के बिलकुल इच्छुक नहीं थे। सिपाही भी इस लोक चेतना का ज्ञाता था शायद। इसीलिए उसने इस बात को ज़्यादा नहीं खींचा।

सिपाही को देखते ही पैदल भीड़ काफी छँट गई। तब भी सिपाही ने अपनी छड़ी उठाकर किसी बड़ी भीड़ में रास्ता बनाने की अपनी किसी पुरानी ट्रेनिंग के हिसाब से रास्ता बनाया।

"चलिए हटिए, हटिए।" कहते हुए सिपाही जी सीधे जाकर उस महिला, उस पिद्दी से लड़के और उस बाँके छोरे जैसा नखरा दिखाते बूढ़े के पास खड़े हो गए।

"हल्ला मत मचाइए।" भीड़ की तरफ़ मुड़कर सिपाही ने कहा। उसके इतना कहते पिद्दी लड़का दौड़ने की तरह दौड़ा। जगह इतनी नहीं थी कि वह पूरा दौड़ पाता। वह दो-तीन क़दम दौड़ा और सिपाही के दो लकड़ी जैसे पैरों को अपने दो मरियल हाथों से जकड़ लिया। इस दौड़ने में उसने औरत के दौड़ने और झपटने को मात दे दिया। सिपाही ने तत्काल ही उससे पैर छुड़ाने की कोशिश की। इस पर वह भहराते हुए भी पूरी ताक़त से रोने जैसा चीखा– "साहेब, बड़े मालिक, मेरी ग़लती नहीं है मालिक। गाड़ी मेरी नहीं है। मैं कहाँ से भरपाई कर पाऊँगा? मैं तो आगे थे, पीछे से आकर ये ख़ुद ही भिड़ गए हैं। वो तो मेरी गाड़ी धीमी थी, वरना..."

"वरना क्या?" महिला पूरी तेज़ी से झपटी। लगा कि वह कुछ आर पार की लड़ाई लड़कर रहेगी, पर उसने सिर्फ़ हलका-सा धक्का देकर लड़के को पीछे ढकेला।

"वरना क्या? मैं मर जाती? मेरा बूढ़ा मर जाता? यही न? तू बैठा है बड़ी गाड़ी में, तेरा क्या बिगड़ता। हँ। इसकी बात सुनोगे सिपाही जी? मैं क्या जानूँ कि गाड़ी इसकी है कि इसके मालिक की? मुझे तो अपने नुकसान के पैसे चाहिए, बस।"

"लेकिन मैडम, आपकी स्कूटर पीछे थी।"

पीछे से किसी लड़के ने हँसकर कहा। लेकिन न ही उसने इस बात पर ज़ोर दिया और न ही भीड़ से निकलकर सामने आया। बल्कि हँसकर उसने एक तरह से इस दृश्य की सत्यता को टाल दिया।

लेकिन लड़के की हँसी और मजे में उछाले गए इस वाक्य की सत्यता से पिद्दी लड़का चौकन्ना हो गया। उसने सिपाही का पैर छोड़ा और भीड़ के पैरों की तरफ़ बढ़ा। आँखों-ही-आँखों में उसने हँसनेवाले लड़के को खोजा भी।

"आप ही लोग बताइए हमारी कौनो ग़लती है? आप सब लोग देखे हैं। देखे हैं न! ज़रा कहिए सरकार से। समझाइए माई बाप। बताइए इनसे। आप नहीं बोलेंगे तो कौन न्याय करेगा हम गरीबों का? बोलिए, बताइए।"

भीड़ से कोई आवाज़ नहीं आई। आवाज़ें थीं पर वे उनकी आपसी परेशानियों की थीं। आवाज़ें हॉर्न की भी थीं, जो उनके बेहद जल्दी में होने का संकेत दे रही थीं। आवाज़ें पैरों की भी थीं, जो इधर-से-उधर मुड़ रहे थे।

लड़का फिर खाकी पैंट-शर्ट की तरफ़ मुड़ा—"मालिक, हम सच कह रहे हैं।...छोटे-छोटे बच्चे हैं हमारे।"

"चुप बे!" खाकी पैंट शर्ट के भीतर फँसे आदमी के डंडे से तेज़ आवाज़ आई। हालाँकि डंडा केवल फटकारा गया था।

लोगों का ध्यान न सिपाही के डंडे की फटकार की तरफ़ था, न लड़के के रिरियाने पर। न ही उसी समय मौक़ा देखकर गुब्बारा बेचने पहुँच आए लड़के की तरफ़ और न ही 'शनिदान' जैसी आवाज़ निकालने वाले उस आदमी की तरफ़, जिसके हाथ के कटोरे में थोड़ा-सा सरसों का तेल था और जिसने कुछ-कुछ साधु जैसा वेश बनाया था। उनको लग रहा था जैसे यह किसी फ़िल्म का दृश्य है, जिसे थोड़ी देर में बीत जाना है। वे टेलीविजन पर लगातार देखते हुए ऐसे दृश्यों के आदी हो चुके थे और फिर उनकी ख़ुद की भी परेशानियाँ बहुत थीं।

'अरे भई, जल्दी मामला ख़त्म करो!'

जनरल पब्लिक ओपीनियन।

"अरे यार, क्या बेहूदगी है, इतनी देर से जाम लगा रखा है?"

कार के भीतर बैठे एक सज्जन बड़बड़ाए।

"उफ़्फ़!, लोग भी, सड़क पर तमाशा करते रहते हैं!"

उसी कार में बैठी एक सजी धजी गुडियानुमा महिला बुदबुदाई।

"एक तो पतली सड़के ऊपर से इतना ट्रैफिक!"

"अरे, निपटाओ भई नौटंकी।"

बेताबी से अपनी जीप से झाँकते एक नेतानुमा आदमी ने कहा।

उधर महिला, जो आटे के लोई के रंग की थी, जिसके बाल रंग रोगन से काले थे, जो पिद्दी लड़के के कुछ भी कहने पर झपटकर उसे हलका-सा धक्का दे देती थी। धकियाने में उसका दुपट्टा गिर जाता था तो वह उसे झपाटे से उठाकर वापस कन्धे पर डाल लेती थी। वह कुछ इस तरह चिल्लाने लगी—

"हाय, मुझे झूठी कह रहा है। इतनी सी बात के लिए मैं झूठ बोलूँगी? इतनी सी बात के लिए कोई औरत झूठ बोलेगी? सड़क पर हल्ला मचाएगी? हाँ, तुम्ही बोलो सिपाही जी, औरत की कोई इज़्ज़त होती है कि नहीं?" यह कहते हुए औरत पूरी भीड़ को सम्बोधित करने लगी। बुड्ढे ने पूरी तान के साथ सिर हिलाया। सिपाही अपनी छड़ी अपने हाथ पर हौले-हौले पटकने लगा, मानो किसी पुरानी धुन पर ताल दे रहा हो। भीड़ में एक-दो लोगों ने 'बेचारी' कहा तो किसी-किसी ने 'नाटकबाज' जैसा भी कहा।

"इज़्ज़त!" हलका-सा हँसकर नेतानुमा आदमी जीप में बैठे-बैठे बड़बड़ाया।

इस बीच औरत ने पूरी चुनौती के साथ अपना परिचय हवा में लहराया।

"मेरे बारे में जान लो। यहीं सरकारी अस्पताल में काम करती हूँ। ड्यूटी पर देर हो रही है और तुम सब यहाँ भीड़ लगाए खड़े हो! सरकारी कर्मचारी हूँ। रिपोर्ट लिखवाऊँगी। हूँ, सोच ले तू। पैसा निकालता है कि चलूँ थाने? औरत के साथ ऐसा करता है!"

"दिखाओ कितना टूटा है?"

कहकर सिपाही ने उसे बाँह से पकड़ा और स्कूटर की तरफ़ मुड़ा।

बुड्ढा पूरी तत्परता से स्कूटर की टूटी हेडलाइट दिखाने लगा।

"देखिए जी, ये देखिए जी, इधर डेंट लग गया है।"

"ये कौन है तेरे साथ?" सिपाही ने बूढ़े को घूरा।

"ये बेचारा बूढ़ा मुझे अस्पताल छोड़ने जा रहा था। इसकी कहानी तो और भी दुखभरी है भाई जी। इसकी बीवी अस्पताल में मर रही है और ये बेचारा यहाँ मुसीबत में उलझ गया। मेरा रिश्तेदार है। अब मुसीबत में आदमी अपने को ही तो बुलाएगा। क्यों भाइयो!" औरत ने आख़िरी वाक्य किसी ज़ोरदार फ़िल्मी डॉयलाग की तरह कहा।

बूढ़े ने अपने लटके मुँह को और लटका लिया।

"लेकिन ये तो पीछे से अपने आप...मेरी ग़लती नहीं है।"

पिद्दी लड़का एक बार फिर अपने बचाव में आगे आया। लेकिन इस बार उसकी तरफ़ किसी ने नहीं देखा। भीड़ के ज़्यादातर लोग या तो झुकी हुई महिला के गोल गलेवाले कुर्ते से बाहर ढलक पड़ते आधे तरबूजों को देखने में लगे थे या फिर इस दृश्य को देख पाने में नाकाम अपनी गाड़ियों में खीझ रहे थे। महिला ने इस बीच नाक सिकोड़ते हुए सिपाही की हथेली से अपनी बाँह मुक्त करा ली और अपना मुँह सिपाही के भूतपूर्व नौजवान के मुँह के पास ले जाकर बोली–"आप ही बताओ सिपाही जी, बेवजह की मुसीबत हो गई। खर्चा

अलग सिर पर। तुम्हारे रहते अन्याय नहीं हो सकता।'' आख़िरी वाक्य महिला ने बहुत धीरे-से कहा। सिर्फ़ और सिर्फ़ सिपाही के लिए।

सिपाही का ध्यान अचानक ही तरबूजों से हटा और उसने पाया कि उसके हाथ में टूटी हुई हेडलाइट की किरचें हैं। उसने उन्हें सड़क पर फेंककर हाथ झाड़ा और एकदम से लड़के की तरफ़ झपटा।

''पैसे निकालता है कि थाने ले चलूँ?''

''साहब, मेरे पास इतने पैसे कहाँ हैं? नौकरी नई है। गाड़ी मालिक की है। सुनेंगे तो अलग मारेंगे मुझे। मुझ पर रहम करो। ग़लती होती तो भी कहाँ से पैसे लाता? हुजूर, अन्याय न करो।'' लड़के ने गिड़गिड़ाते हुए कहा।

''पाँच सौ दे इन्हें।'' कहकर झपटकर सिपाही ने लड़के की कमीज और पैंट की पॉकेट खँगाली। पैंट के पीछे की पॉकेट से भूरे रंग का एक वॉलेट मिला, जो शायद लम्बे समय से वहाँ पड़े रहने के कारण या शायद पसीने में भीगते रहने के कारण या शायद बारिश में बार-बार भीग जाने के कारण या शायद तीनों या इनमें से किसी एक कारण से अजीब तरह से घिस चुका था। उसकी त्वचा जगह जगह से निकल गई थी और असके भीतर का हलका मटमैला भूरापन प्रकट हो गया था। उसी के साथ तम्बाकू का एक पाउच भी बरामद हुआ और एक सेल फोन भी। पाउच जितना चमक रहा था, सेल फोन उतना ही निस्तेज़ था। उसकी बटन की जगह उचड़ गई थी और उसके स्टील के शरीर को आसानी से पहचाना जा सकता था।

''हूँ, तो ये भी।'' सिपाही ने पिद्दी लड़के की तरफ़ ऐसे देखा मानो यह छोटा सा पाउच और यह सेल फोन बड़ी बड़ी गुनहगार शौकों का प्रमाण हो।

सिपाही ने जब उस भूरे रंग के घिसे हुए वॉलेट में अपनी अंगुलियाँ फँसायीं तो लगा कि वॉलेट फट जाएगा। वॉलेट के फटने की गुंजाइश के साथ ही पिद्दी लड़का तड़प उठा—''साहब, मेरी ग़लती नहीं है। इसे मत लो।''

''चुप बे। चोरी और सीनाज़ोरी।''

सिपाही ने उसमें से गीली-सीली-सी जो नोटें निकालीं, वे कुल मिलाकर दो सौ पाँच हुईं।

''लो जी।'' कहते हुए सौ रुपए सिपाही ने आटे की लोई जैसी हथेली पर इत्मीनान से छूते हुए रखा, जैसे कहा हो 'तुझे तो मैं देख लूँगा।'

औरत ने भी झट से पैसे अपने छोटे से पर्स में डाले, जो लड़के के वॉलेट से थोड़ा गनीमत हालत में था। फिर उसने मुँह बनाया, जैसे कहा हो 'तेरे जैसे बड़े देखे।'

सेल फोन के साथ बाक़ी की नोट सिपाही ने अपने खाकी पैंट के पीछे पुट्ठे की पॉकेट में खोंस दिया।

भूरे रंग के उस वॉलेट को सिपाही ने घृणा के साथ नीचे गिर जाने दिया।

''चलो, चलो, जाओ, जाओ।'' कहकर वह अपने भूतपूर्व जवान चेहरे के साथ हँसा।

''थाने आ जइयो।'' सिपाही ने डंडा अपने हाथ पर बजाते हुए लड़के से कहा।

लड़का कुछ ग़ुस्से से, कुछ घृणा और कुछ दुख से घूरता खड़ा रहा।

अपने आटे की लोई जैसे गोरे चेहरे और रंग रोगन से काले किए बालों और माटापे के साथ थोड़ा-सा विजय का गर्व मिलाकर औरत मुड़ी। गाड़ियाँ चल पड़ीं। भीड़ गतिमान हो गई। लोग अपनी-अपनी तरह से अपनी-अपनी जल्दबाजी के भीतर चले गए। पिचके हुए गालों वाला बूढ़ा आदमी आसमानी स्कूटर पर ड्राइवर की तरह बैठ गया। औरत घोड़े पर चढ़कर उसके पीछे बैठी।

अस्पताल के पास पहुँचकर औरत आसमानी रंग के जहाज़ से उतरी।

''हम उनसे तो लड़ नहीं पाते। गाड़ीवालों से।'' तब बूढ़े ने धीरे से कहा।

बूढ़े की तरफ़ देखकर नरम आवाज़ में औरत बोली—''बूढ़ा हो गया है, सँभलकर चला कर। रोज़ कहाँ तक बचाऊँगी तुझे। उस बेचारे लड़के की जेब बेवजह खाली करा दिया। ग़लती तेरी, भुगतें दूसरे।''

''जिससे लड़ पाएँगे, उसी से तो लड़ेंगे।''

औरत ने फिर कहा और अपने छोटे सस्ते से पर्स से पचास की नोट निकालकर बुड्ढे की हलकी धारीदार हलकी पीली बुशर्ट की पॉकेट में डाला और मुड़कर अस्पताल के गेट के अन्दर चली गई।

पुष्पक विमान

आकाश में गड़गड़ाहट सुनते ही हमने बचपन में, दौड़कर, टीले पर पहुँचकर, ख़ूब ऊपर उड़ते, बड़े से पक्षी को आँखों में भर लेने की कोशिश की थी। पहले तो ये पक्षी केवल सफ़ेद या सलेटी रंग के लगते थे। कभी-कभार उनमें हरा रंग भी होता। गहरा, मिटटी सा हरा रंग। लोग कहते नीला रंग भी होता है पर इतने ऊपर से हमें नीला रंग समझ में नहीं आता। थोड़ा नीचे से जो उड़ा था, वह हरे रंग वाला ही था। इस रंग के दिखने से पुरनिया लोग घबड़ा उठते थे और उन्हें हिन्दुस्तान-पाकिस्तान या फिर हिन्दुस्तान-चीन के युद्धों में गुम गए अपने लोग याद आने लगते। अधेड़ उम्र के लोग कहते कि फ़ौजी अभ्यास कर रहे हैं और जवान लड़के उसे लापरवाही से देखते। यह लापरवाही दिखाने के लिए होती, उनकी आँखों में तो उसमें बैठ जाने की चाह बसी होती। बैठ न पाए तो छू लेने भर की चाह। इसके ठीक बाद वे फ़ौज में भर्ती होने के विज्ञापन खोजने लगते। हाथ, पैर, कन्धा, छाती बनाने की होड़ लग जाती। कसरत के लिए अख़बार में लपेटकर ईंटें रखी, उठाई जातीं। कूदने के लिए रस्सी बँटी जाती। बिना जूतों के नंगे पाँव दौड़ते जाते। नए जूतों के रंग और डिजायन बाज़ार जाकर देख आते। माताएँ बादाम आँचल में बाँधकर रखती। काम पर निकलने के पहले गिनकर देतीं। माताएँ दूध छिपाकर रखती इन बड़े नौनिहालों के लिए। छोटे नौनिहाल हाथ साफ़ कर जाते तो बड़ी पिटाई का दृश्य बन जाता। कुम्हार से गुल्लकें खरीदी जातीं। पैसे बचाए जाते। गुल्लकें तोड़ी जातीं। फिर भर्ती बोर्ड में पैसों की होड़ होती। इस वाली य़ानी पैसोंवाली होड़ में वे हारने लगते। तोड़ी गई गुल्लकें पिछड़ जातीं। फिर पुराना ढर्रा लौट आता।

फिर बच्चे उसे छू लेना चाहते। चाहते कि पता करें कि कितना कड़ियल है?

लेकिन किसी भी इच्छा पर भय भारी होता।

होता है क्या?

किसी के नजदीक पहुँचने की इच्छा मोहल्ले के करोड़ों बच्चों को टीले के ऊपर चढ़ा देती। मोहल्ले में असलियत में तो बारह पन्द्रह बच्चे ही थे पर पूरे देश में बिखरी उनकी करोड़ों फोटोकॉपी थी।

टीले पर चढ़कर जहाज़ देखना, केवल देखना नहीं था।

टीले पर चढ़ना भी था।

चढ़ना चाहे जितना बेतरतीब हो, चढ़ना होता है।

मोहल्ले के लोग दिल्ली, बम्बई, असम, मणिपुर और सउदी अरब को जानते थे। उनके परिवार का कोई न कोई सदस्य वहीं चला गया था। पिता, बड़े भाई, बहन भी। इस तरह दिल्ली, बम्बई, सउदी अरब...जाने वाले रास्ते के ठीक बाहर वे खड़े थे। उन्हें प्रतीक्षा नहीं थी पर उनकी बारी बिना प्रतीक्षा के कभी भी आ सकती थी।

मोहल्ला बूढ़े, औरतों और बच्चों का था। यही मोहल्ला अचानक उनके हाथ से तब छूट जाता था, जब बम्बई, दिल्ली...से आनेवाली ट्रेन की जनरल बोगी भर जाती और मोहल्ले से बड़ी दूर पड़ने वाले रेलवे स्टेशन पर खाली हो जाती। सउदी अरब वाले नहीं आते। पता नहीं ठीक ठीक वे सउदी अरब ही गए होते या कहीं और? ये कोई नहीं बता पाता। बस, सउदी अरब जाने को जानते। आने को नहीं। आना फिर भी अपनी सम्भावना में बचा रहता।

वे इस समय का इन्तज़ार करते भी और नहीं भी।

करने, न करने की दुविधा में वे टीले पर चढ़कर चिल्लाते—"बादल मत बरसाओ पानी, आनेवाली मेरी नानी..." फिर वे तेज़ी से छोटी बड़ी लकड़ी लेकर टीले की मिट्टी खोदने लगते।

"इसी में कोहड़ा बो दे।"

इसी सब में रेशमा आती। लम्बे चेहरेवाली रेशमा। लम्बी आँखोंवाली रेशमा।

गले में फूलदार दुपट्टा लटकाकर आती। फूलदार दुपट्टा सुन्दर था। मटमैला होने पर भी सुन्दर था या वह सु दर नहीं था। रेशमा उसे जिस तरह

लटकाती, उससे सुन्दर हो जाता था। रेशमा की जान फूलदार दुपट्टे में रहती। जैसे राक्षस की जान तोते में होती। राक्षस तोते को सँभालकर रखता। रेशमा दुपट्टे को।

वह मोहल्ले के करोड़ों फोटोकॉपी वाले बच्चों में अपने भाई को ढूँढ़ने आती।

"आ गई छम्मक छल्लो।" करोड़ों फोटोकॉपी वाले नाच कर कहते।

रेशमा के आने के बाद वाले दृश्य में कन्धे पर धारीदार अंगोछा टांगे फूफा आते। हाथ में बड़ी-सी पृथ्वी उठाए। पृथ्वी टीले के नीचे रखकर चुनौती उछालते कि कौन माई का लाल पृथ्वी उठाकर दिखा सकता है? टीले से करोडों फोटोकॉपी वाले बच्चे झमझमाकर बड़ी-बड़ी बूँदों वाली बारिश की तरह नीचे आते, टप्प-टप्प। एक झपाके में पृथ्वी उँगलियों पर नाचने लगती। तब फूफा अपना अंगोछा उतारकर ज़मीन पर बैठ जाते।

"सब उठा सकते हैं। माने कि मौक़ा मिले तो।"

वे हताश होकर कहते।

फिर सब्जी के ठेले पर कद्दू काटने के लिए रखे जाने वाले चाकू से पृथ्वी के टुकड़े किए जाते।

हरे रंग पर लाल रंग उभर आता।

हरे रंग पर लाल रंग और काले भूरे बीजों वाली पृथ्वी के पतले पतले टुकड़े लेकर बच्चे टीले पर चढ़ने चले जाते। तब पीछे से रेशमा अपने भाई को ढूँढती हुई आती।

"हमको तरबूज नहीं मिला फूफा।" वह भाई को खोजने वाली आँखों से कहती।

उसके पीछे-पीछे लाइन से सब्जी के ठेले लौटते। ठेलों के टायर पंक्चर हो चुके होते। इसलिए उन्हें बहुत ज़ोर लगाकर ठेला जाता।

"ये ठेले अब हमेशा के लिए पंक्चर हो गए हैं।"

हरे रंग पर लाल रंग और काले भूरे बीजों वाली पृथ्वी की एक फाँक उठाकर फूफा कहते।

"ठेलों के दिन लद गए फूफा।"

चमकती आँखों से करोड़ों फोटोकॉपी वाले बच्चे कहते। आँख इसलिए चमकती कि केवल आँख ही थी, जो चमकती थी।

दिखती और देखती थी।

"हाँ रे, ज़माना बदल गया। अब तो नए-नए नाम वाली सब्जी की बड़ी-बड़ी दुकान खोल ली है राजा, महाराजाओं ने। वहाँ तुम जैसों को थोड़े नौकरी मिलेगी, वहाँ नौकरी करेंगे बने-ठने बबुआ।"

"अब उठाओ सबन अपना बोरिया बिस्तर।" फूफा अपना अंगोछा झाड़ते चलने को होते।

"बोरिया बिस्तर उठाकर हम कहाँ जाएँगे फूफा?"

रेशमा भाई को खोजनेवाली आँखों से पूछती।

करोड़ों फोटोकॉपी वाले बच्चों में से कुछ बच्चे हर साल कम हो जाते तो पता नहीं चलता। यही कि भारत की जनसंख्या कम हो गई है। गायब होने की वजहें अलग अलग होतीं पर गायब होना तय होता। इसी में से कभी अब्दुल्ला नाम का एक लड़का भी गायब हो गया था। उसकी गुमशुदगी की रिपोर्ट मोहल्ले से दूर पड़ने वाले रेलवे स्टेशन के पास वाले थाने में जैसे-तैसे दर्ज हुई थी।

लोग अब्दुल्ला का चेहरा भूल गए थे।

करोड़ों फोटोकॉपी वाले अब्दुल्ला का चेहरा नहीं भूले थे।

रेशमा अब्दुल्ला का चेहरा नहीं भूली थी।

फूफा अब्दुल्ला का चेहरा नहीं भूले थे।

फिर कौन लोग थे, जो अब्दुल्ला का चेहरा भूल गए थे?

फिर निठारी कांड में तीन श्री वाले पंधेर जी के बँगले के अन्दर और बाहर से निकली बच्चों की हड्डियों के ढेर की पहचान करने पूरा मोहल्ला टूट पड़ा था। सबने हड्डियों के ढेर-के-ढेर देखे। पहचानना एकदम मुश्किल नहीं था। सारी की सारी हड्डियाँ अब्दुल्ला की थीं। ढेर-की-ढेर हड्डियाँ। किसी एक को वे लोग अब्दुल्ला नहीं कह पाए। वे सारे अब्दुल्लाओं के लिए रोने लगे।

सम्मिलित रोने से कुछ हासिल नहीं होना था।

ऐसा कहना ग़लत था।

सम्मिलित रोने से बात पक्के तौर पर खुल गई थी।

बात खुलने से लोग राजा और प्रजा के बारे में जान गए थे।

इसी दिन में जब लोग इंटरनेट से रेलवे टिकट ले रहे थे। बहुराष्ट्रीय कम्पनियों ने जूते, कपड़े, साबुन, बटन से लेकर भाँति भाँति के फाउंटेन, जेल और भी

जाने कैसे-कैसे पेन बाज़ार में उतारे थे। पेट्रोल महँगा होता जा रहा था और दुपहिया, तिपहिया वाहनों की अद्‌भुत डिजायनों से सड़कें पटती जा रही थीं। मोबाइल और इंटरनेट के जरिये लोगों ने किसी भी दूरी को तोड़ दिया था। ऐसे इसी दिन में अब्दुल्ला को ढूँढ़ती आँखोंवाली रेशमा अपना सामान गठियाए टीले से दूर पड़ने वाले रेलवे स्टेशन की तरफ़ चलती गई थी। न रास्ते में पेड़ थे, न जंगल, न पगडंडियों और झाड़ियों का छाया सहारा। रास्ता नंगा था। रास्ता निपट था। रास्ता सिर्फ़ रास्ता था, फूल, फल, जल के सपनों से उचाट। इस रास्ते पर चलते चले जाना किसी बेजान, अनजान दुनिया की तरफ़ चलते चले जाना था। इस बेजान दुनिया के पास दूसरा रास्ता नहीं था। दूसरा रास्ता रेशमा की लम्बी आँखों में था, जिसे निकालकर पैरों के नीचे रख लेने के लिए उसे चलना था। वह चल रही थी। बिना टिकट, एक सरकंडे की टहनी साथ में ढोते हुए। उसका बाबा उसे रेलवे स्टेशन के बेंच के पास हाँफता हुआ मिला। हाँफते हुए वह स्टेशन पर लगी बेंच के हत्थे से पलटकर गिर नीचे गिर गया था। रेशमा को अपने सपनों के रास्ते को आँखों से निकालकर पैरों के नीचे रख लेने की योजना फिलहाल टालनी पड़ी। वह दौड़कर स्टेशन पर उस जगह पहुँची, जहाँ लिखा था 'पीने का साफ़ पानी'। वहाँ एक साधु एक हाथ में टूथपेस्ट पकड़े, दूसरे हाथ से ब्रश कर रहा था। एक आदमी पान थूककर अभी-अभी गया था। साधु हर सेकेंड पर उस लिखे हुए के सामने बने पतले से तालाब में ज़ोर से थूकता। पतला सा तालाब यों बन गया था कि उसकी नालियाँ पान, सुपाड़ी, कागज़, बीड़ी और न जाने किन-किन चीज़ों से बन्द हो गई थीं। उसी टूथपेस्ट के झाग, पान के लाल रंग, कागज़ के फूले, गुदगुदे अहसास और बीड़ी वग़ैरह के टुकड़ों से भरे तालाब के ऊपर के नल से रेशमा ने अंजुरी में जल भरकर, बेंच के पास गिरकर हाँफते हुए या हाँफकर गिर गए आदमी को पिलाया। आदमी अमृत पीकर उठे हुए की तरह उठा और उठकर रेशमा को गठरी समेत देखने लगा।

तो उसी के बाद हाँफकर गिर गए या गिरकर हाँफते हुए आदमी ने उठकर, गठरी समेत रेशमा को ताक़ते हुए पहचान लिया और उसे कभी चोटी पकड़कर, कभी बाँह पकड़कर खींचते हुए, रास्ते भर पीठ, बाँह, सिर पर थप्पड़ मारते हुए मोहल्ले तक ले लाया। मोहल्ले में पहुँचकर उसने बेहया की झाड़ी से एक डंडी तोड़ी और उसे हवा में सटर सटर-सटकारने लगा। इस तरह डंडी को सटकारते हुए उसने रेशमा के दुबले-पतले हाथ, पैर, पीठ पर तरह तरह की रेखाएँ बनाईं। ज्यामितीय रेखाएँ।

मोहल्ले के करोड़ों फोटोकॉपी वाले बच्चे ज्यामितीय रेखाओं की किताब नहीं जानते थे।

मोहल्ले के करोड़ों फोटोकॉपी वाले बच्चे ज्यामितीय रेखाओं की देह जानते थे।

मोहल्ले के करोड़ों फोटोकॉपी वाले बच्चे टीले से दूर सरकारी स्कूल में बोरा लेकर जाते थे। सरकंडे की कलम भी ले जाते थे। शीशी में स्याही भी ले जाते। कोई बरतन, कटोरा, थाली भी ले जाते। रस्सी और गिट्टी भी ले जाते। जेमिट्री बॉक्स नहीं ले जाते।

इसलिए एक ने रेशमा की गठरी में से निकली सरकंडे की क़लम उठा ली थी।

सरकंडे की क़लम से लिखावट सुधरती थी।

जब स्कूल में कोई नहीं होता, तो वे लिखावट नहीं सुधारते, रस्सी बँटते या गिट्टी खेलते। जब स्कूल में कोई होता तो एक-दो उनके पैर दबाते, एक-दो सिर में तेल लगाते, एक-दो पान लगवा लाते, एक दो झाड़ू लगाते, एक-दो कपड़े फींचते, एक-दो पानी लाते, एक-दो बरतन माँजते, एक-दो चूल्हा जलाते, एक-दो...अन्ततः खाने को मिलता...इस तरह स्कूल का समय अच्छा बीत जाता।

इधर हवाई जहाज़ ज़्यादा दिखता। किसी को यह ठीक-ठीक नहीं पता था कि ये रंग-बिरंगे पक्षी इतने ज़्यादा कैसे हो गए?

"पुष्पक विमान में बैठिओ रे?" फूफा कहते।

"कैसे चढ़ते हैं इसमें?"

"आप कभी चढ़े हैं फूफा?"

"कौन लोग इसके अन्दर बैठे होते हैं फूफा?"

"रामचंद्र जी।" फूफा पूरे आत्मविश्वास से कहते। उनकी यह जानकारी गलत नहीं हो सकती थी।

"कितने रामचन्द्र?"

"ज़्यादा, कम भी हो सकते हैं।"

इसमें फूफा उलझ जाते।

कितने? वे सही-सही न गिन पाने से झल्ला उठते।

"लवंडवन सब नाक में दम करि कै रखै हैं।"

फूफा के सब्जी के ठेले का टायर हमेशा के लिए पंक्चर हो चुका था। इसलिए फूफा कन्धे पर अंगोछा लटकाए इधर-उधर कुछ दूसरा काम ढूँढ़ रहे थे। उनके

आगे और पीछे दुनियाभर के हज़ारों सब्जी के पंक्चर ठेले वाले इधर-उधर कुछ दूसरा काम ढूँढ़ते हुए चल रहे थे। वे जहाँ जाते, वहाँ हज़ारों पहले से खड़े मिलते। उन्हें हज़ारों के बाद वाले नम्बर पर लगना पड़ता। धूप में, बारिश में, ठंड में...यानी कि तीन मुख्य और तीन गौड़ ऋतुओं से लड़ते हुए, अंगोछे से मुँह पोंछते, अंगोछे से माथा ढँकते, अंगोछे पर सोते, अंगोछा ओढते...वे इन्तज़ार में रह जाते। उनके आगे सैकड़ों की भीड़ लौटती, उनके पीछे सैकड़ों की भीड़ लौटती तो वे भी लौटते। लौटकर उसी घर में आते, जहाँ उनका बहुत बड़ा परिवार बँटवारे के लिए झगड़ा कर रहा होता। बँटवारा किसका? पुरानी चारपाई का, टाट और कम्बल का, स्टील के थाली, गिलास, लोटे, भगौने का, कुत्ते को डराने वाली पुस्तैनी लाठी का, आलू, घुइयाँ और गेहूँ का (कृपया खेत या बाज़ार से बोरा भरकर आए आलू की कल्पना न करें, जो है, उसे अंगुलियों पर गिनकर बाँट दें।), झुग्गी के भीतर की दस बाई दस की ज़मीन का भी...। झुग्गी फूफा की थी, लेकिन झुग्गी के भीतर रोज़ चलने वाले बँटवारे के झगड़े को सुलटाने में फूफा की कोई भूमिका नहीं रह गई थी। जिधर भी ''हाँ, हो' करते हुए जाते, उधर से धकिया दिए जाते। इसलिए वे झुग्गी के बाहर बैठे भीतर की तरफ़ हाथ उठा-उठाकर कहते–'हाँ, हाँ, हो, रे, अरे, मार डालेगा, आज लहास गिरा के रहेंगे सब, चुप भी करो सब जनी...' कहते कहते फूफा गरियाने लगते। गरियाते-गरियाते वे भूल जाते कि वे किसे गरिया रहे हैं? गरियाते गरियाते उनके मुँह से झाग जैसा कुछ निकलने लगता और वे झगड़े के पीछे भूख की करामात को देखने लगते। उन्हें अपनी कई दिनों से स्थगित की जा रही भूख की याद ज़ोरों से आने लगती और वे ''खाए बिना मार डरिहै सब जनै...'' जैसा कुछ कहते हुए बेहोशी में रोने लगते।

घर आकर फूफा चैन की साँस नहीं ले पाते। बाहर भी चैन की साँस नहीं ले पाते। 'चैन की साँस' भाषा का ऐसा पद था, जो उनके हाथ से छूट गया था। फैक्ट्रियों के सामने मजदूरी के लिए लाइन में उनके आगे और पीछे खड़े हज़ारों के हाथ से भी छूट गया था।

इसी घर में अंगोछा बिछाकर सोए सोए फूफा को एक सपना आया। वे उठे और दस बाई दस की ज़मीन को बिस्ता से नापते हुए आठ बिस्ता चार अंगुल पर पहुँचकर रुक गए, फिर वापस आकर अंगोछे पर सो गए। सुबह फूफा लाइन में लगने नहीं गए। दिन में जब उनके लड़के, बहू, लड़कियाँ और उनके भी बच्चे, चीखते, एक दूसरे को धकियाते, कलपते, रूखा, सूखा मुँह लिये तमाम-तमाम फैक्ट्रियों के आगे लाइन में लगने चले गए, तब फूफा ने फिर से

आठ बिस्ता चार अंगुल ज़मीन को नापा। फिर वहाँ खोदने लगे। थोड़ा गहरा खोदने के बाद उसमें से पॉलीथिन की एक पोटली निकली। यह पोटली जादू की किसी डिबिया सी खुली। इसमें से पाँच-पाँच रुपए के ढेर सारे सिक्के उछले। सिक्के इतने थे कि उनके छोटे-छोटे ढेर बन गए। हालाँकि ये ढेर फूफा की कुल ज़िन्दगी की बचत थी, पर और कोई रास्ता नहीं था। इसलिए फूफा ने पाँच-पाँच रुपए के ढेर को उठा लिया। अंगोछे में सँभालकर बाँधा और मिट्टी पाट दी।

जब वे घर से निकले तो उनके अंगोछे में कुल नौ सौ पच्चासी रुपए बँधे-बँधे खनखना रहे थे।

फूफा पहले टीले से दूर पड़नेवाले रेलवे स्टेशन के पास एक ढाबे पर गए और पैंतीस रुपए में तन्दूरी रोटी के साथ दाल, पनीर की सब्जी और इन सबके साथ मुफ्त में मिलने वाला सलाद खाया। फिर बचे हुए नौ सौ पचास रुपए लेकर वे वहाँ गए, जिसके बारे में उन्होंने सुना था। लोगों से सीधा नहीं सुना था। लोगों को बतियाते सुना था। उनसे लोग ऐसी बात सीधे नहीं करते थे। उनका बुढ़ापा आड़े आता था। जिन्होंने उनके घर में भूख का तांडव और बँटवारे के लिए होनेवाला झगड़ा नहीं देखा था, वे सोच भी नहीं सकते थे कि एक दिन वे ऐसे काम के लिए घंटों इन्तज़ार कर सकते हैं। गिड़गिड़ाते हुए पाँच सौ रुपए की पेशगी दे सकते हैं। बर्षों की अपनी जमा पूँजी में से सौ रुपए पुलिसवाले को दे सकते हैं। हालाँकि सब्जी का ठेला लगाते समय भी ऐसा अक्सर होता था कि पुलिसवाले को पैसे देने पड़ें या पैसे न होने पर सब्जी देनी पड़े। पर ख़ुद जाकर...?

तो फूफा ने वहाँ कई बार चक्कर लगाने, कई घंटे इन्तज़ार करने के बाद, कुल जमा नौ सौ पचास रुपए में से पाँच सौ रुपए देकर, शहर के महँगे स्कूल के आसपास, न छुपते, न दिखते हुए की तरह अपने लिए जगह की मंजूरी पा ली। न छुपते, न दिखते के इस खेल में सौ रुपए की भेंट पुलिसवाले को भी चढ़ानी पड़ी। बाक़ी बचे पैसों को उन्होंने अपने पास रखते हुए उधार के समान से व्यवसाय शुरू किया। उधार देने वाले व्यवसायी ही थे। उन्होंने पहले उनकी परीक्षा ली। जब पहले दिन ही वे स्कूल के बच्चों को आकर्षित करने में सफल दिखने लगे तो उन्हें व्यवसाय के गुण सिखाए गए। व्यवसाय का सामान ऐसा था, जो उनकी पॉकेट में या बगल में दबाए जा सकनेवाले थैले में समा जाता था। यह सामान सफ़ेद पाउडर से भरे छोटे-छोटे पैकटों और सिगरेट की शक्ल में था।

पुलिसवाला, जो एकदम पतला-दुबला मरियल-सा दिख रहा था और अलसाया हुआ अक्सर ही किसी दुकान पर बैठा जम्हाइयाँ लिया करता था। उसके सिर पर कम बाल रह गए थे, लेकिन जितने थे, वे अजीब तरह से लम्बे थे और लगता था कि उसने बर्षों से कंघा नहीं किया है। उसकी एक आँख काले पत्थर की थी और दूसरी आँख इतनी सख्त लगती थी कि पत्थर भी मात खा जाए। लेकिन उसकी आवाज़ बहुत कड़क थी और उसके शरीर से मिलाकर देखने पर विश्वास नहीं होता था कि ऐसी आवाज़ इसी देह से निकली है। वर्दी उसकी हमेशा पसीने से बदबू करती रहती थी। दरअसल पसीने से ज़्यादा उसमें दारू और तम्बाकू की दुर्गंध समायी रहती थी। उसके पास, पुलिस के सिपाही के पास अक्सर रहने वाला डंडा भी नहीं था। ऐसे पुलिसवाले ने उन्हें इन चीज़ों के बारे में कुछ मजे और कुछ हिकारत से बताया। जैसे कि 'धन्धा गन्दा है, पर मन्दा नहीं है,' और जैसे कि 'बूढे, मजे से काम चल जाएगा तेरा। कौन हरामी तेरे कमीनेपन के बारे में सोचेगा? हिरोइन, कोकीन। गुड, गुड।'

इस तरह उनका ज्ञानवर्धन करते हुए पुलिसवाले ने अपना कमीशन तय कर लिया।

हैरान तो वे तब रह गए, जब उन्होंने देखा कि महँगे स्कूलों के बच्चे सिगरेट के किस कदर शौकीन थे!

उनका बिजनेस चल पड़ा। जल्द ही पुलिसवाले ने उन्हें सलाह दी कि वे एक छोटी सी फास्ट फूड की दुकान खोल लें। दुकान कानून की आँखों पर मोतियाबिन्द की तरह पड़ी रहेगी और वे निश्चिन्त होकर अपना धन्धा बढ़ा सकेंगे। जल्द ही पुलिसवाले ने उन्हें वह ज़मीन दिखाई, जहाँ वे दुकान शुरू कर सकते थे। जल्द ही उन्होंने स्कूल से कुछ आगे एक छोटी-सी दुकान खोल ली। हालाँकि दुकान अस्थायी थी लेकिन चलती इतनी थी कि देर रात भी बन्द करना नहीं हो पाता था। अपने मोहल्ले की झुग्गी से दो लड़के लाकर उन्होंने दुकान पर लगा दिया था। दुकान में आगे आगे मोमो बनता, पीछे-पीछे दूसरी चीज़ें। आगे-आगे ज़्यादा माँगने पर चटनी दी जाती, पीछे-पीछे सफ़ेद पाउडर। मोहल्ले से आये लड़के मोमो बनाते और वे अपना काम सँभालते। पुलिसवाले के साथ देर रात तक शराब पीते, पिलाते।

जल्द ही दुकान में गाना बजने लगा। डी.वी.डी. प्लेयर आ गया था। एक मोबाइल भी फूफा के पॉकेट में आया। जल्द ही दुकान में सड़क से तार

खींचकर अवैध बिजली लगा ली गई। झुग्गी में भी ऐसा ही हुआ। झुग्गी में हीटर पर खाना बनने लगा। झुग्गी में टी.वी. पर फ़िल्म देखी जाने लगी।...

बँटवारे की लड़ाई में अब नई चीज़ें जुट गई थीं।

मोहल्ले में अब भी करोड़ों फोटोकॉपी वाले बच्चे, टीले के ऊपर चढ़कर आकाश में उड़ता हुआ जहाज़ देखने में लगे थे। बिना यह जाने कि उनमें से निकलकर तमाम, जहाज़ में बैठने की कोशिश भी कर रहे हैं।

तो ऐसे ही हवाई जहाज़ के भीतर भौचक-सा इधर-उधर देखता और कुछ परेशान सा दिखने के बावजूद प्रसन्नता की हलकी-सी लकीर से चमकता एक युवा जोड़ा अन्दर घुसा। इकोनॉमिक क्लास में। वैसे तो इकोनॉमिक क्लास वालों को दूसरी तरफ़ से आना होता है पर न जाने किस कारण से आज उन्हें भी बिजनेस क्लास को पार करते हुए इकोनॉमिक क्लास में घुसना पड़ा। बिजनेस क्लास में सोफे लगे हुए थे। सोफों पर छोटे-छोटे कुशन थे। सामने टी.वी. लगी हुई थी। और भी कुछ ऐसी सुविधाएँ थी, जो तत्काल नहीं दिख पायीं। खाने में जो अन्तर था, वह भी तत्काल न दिखा। दूसरे वे भौचक भी थे, सो कितनी दिखती चीज़ें भी न दिखीं। इकोनॉमिक क्लास में साधी-सीधी सी कुर्सियाँ थीं। एकदम किसी अच्छी ट्रेन की सीटिंग व्यवस्था जैसी। इतने में लाल टी शर्ट पर कम्पनी का छोटा-सा निशान पहने एक नौजवान परिचारक ने उनका बोर्डिंग पास देखा और इशारे से उनकी सीट बताई।

लड़के ने अपने चेहरे के गहरे रंग को मात देता काली पैंट पर सफ़ेद कॉलर वाला काला बुशर्ट पहना था और एक हाथ की कलाई में स्टील की मोटी ज़ंजीर बाँधे था। बुशर्ट के सामने की पॉकेट से झाँकता मोबाइल फोन दिख रहा था, जिससे लटका एक तार गले में पड़ा था। लड़के के हाथ में एक छोटा-सा पैकेट भी था। लड़की साथ चलते हुए जैसे किसी अदृश्य से टकरा सी रही थी। उसने धानी रंग पर सुनहरे रंग से कढ़ाई किया हुआ कुर्ता सलवार पहना था। धानी रंग का दुपट्टा गले में लटका था। बालों में उसने सुनहरे फूलों वाली क्लिफ लगाई थी। उसके लम्बे चेहरे पर हलका-सा पाउडर था, इसके बावजूद चेहरे पर न छिप सकने वाली एक थकान थी। पतली-दुबली काया के साथ उसका हलका सा निकला हुआ पेट दिख रहा था। इस तरह दोनों कुछ कुछ उल्लसित और कुछ कुछ घबराए से आकर अपनी सीट पर बैठ गए और बन्द खिड़की की पारदर्शिता से बाहर का दृश्य देखने लगें।

“कितने सारे हवाई जहाज़! कितने बड़े, कितने रंग-बिरंगे!” लड़की ने यह नहीं कहा।

“गाड़ी का समय हो रहा है।” यह कहा।

गाड़ी मतलब हवाई जहाज़। चलने का समय मतलब उड़ने का समय।

तभी अचानक केबिन क्रू से एक परिचारिका और एक परिचारक तेज़ी से आए और उनकी सीट के पास आकर रुक गए।

“आर यू प्रेगनेंट?”

“जी।” लड़की ने चौंककर कहा।

“हिन्दी में बोलो। ये लोग गँवई लग रहे हैं।” ऐसा परिचारक से परिचारिका ने अंग्रेजी में कहा।

“ओके।”

“आप प्रेगनेंट हो?” परिचारक ने फिर से वही बात अंग्रेज़ीमय हिन्दी में पूछी।

“जी।” लड़की ने फिर कहा।

“आपको जर्नी करने की परमिशन नहीं मिल सकती।”

इस बार परिचारिका ने अंग्रेजीमय हिन्दी बोली।

“क्यों?”

“चलिए, उतरिए।” परिचारक ने कठोरता से कहा।

“लेकिन क्यों?” इस बार युवा जोड़े ने एक साथ थोड़े ग़ुस्से में पूछा।

“देखिए, उँचाई पर जाते समय हम कोई रिस्क नहीं ले सकते। आप लोग उत्तर जाइए।” परिचारिका ने तत्काल विनम्रता ओढ़कर मोर्चा सँभाला।

“अरे कैसे? हमारा जाना बहुत ज़रूरी है। हम डॉक्टर से सलाह ले आए थे।”लड़का गुस्साया।

“यह सब हम नहीं जानते। आपको उतरना होगा।”

“हमारा जाना बहुत ज़रूरी है।” इस बार लड़की ने कहा।

“आपने पहले क्यों नहीं बताया? आपके टिकट पर ऐसा कुछ नहीं लिखा हैं, आपकी सीक्युरिटी पर भी किसी ने नहीं टोका, न वहाँ कुछ लिखा है, न यहाँ कहीं कुछ लिखा है? फिर हम कैसे जान सकते हैं?”

“ये आपकी प्राब्लम है।” पुरुष परिचारक ने कहा और लड़की का हाथ पकड़कर खीचने लगा।

“हमारी प्राब्लम कैसे? आपकी प्रॉब्लम है मैडम। हमारा जाना ज़रूरी है। हम जाएँगे।”

लड़की हाथ छुड़ाकर चिल्लाई।

"हम नहीं उतरेंगे।" दोनों ने फिर साथ कहा।

इस बीच कई परिचारक पहुँच आए। सबने लड़के को पकड़कर खींचना शुरू कर दिया। लड़की लड़के के बिलकुल पीछे अड़ँसकर छुप गई। दोनों ने कसकर सीट पकड़ लिया। फिर बहुत सारे आदमी लाल और सफ़ेद रंग की टी शर्ट पर एक ख़ास कम्पनी का बिल्ला लगाए आए। वे एयर पुलिस थे।

"एयर पुलिस! हमने कभी नहीं देखा।" पुष्पक विमान में बैठा एक बच्चा ख़ुशी से चीखा।

"हमने भी आप लोगों को कभी नहीं देखा।" लड़की ने धीरे-से कहा।

"देखिए, आप लोग समझिए, प्लीज, हमारा जाना बहुत ज़रूरी है।"

अब लाल और सफ़ेद टी शर्ट पर एक ख़ास कम्पनी का बिल्ला लगाए लोग, सीट से चिपके उन दोनों को खींचने की कोशिश करने लगे।

विमान में इतनी हलचल के बावजूद हलचल नहीं थी।

लोगों का होना हमेशा होना नहीं होता।

लोग थे, सभ्य और शालीन!

सभ्यता हमें दूसरों के मामले में न पड़ना सिखाती है!

शालीनता हमें हर हाल में शान्त बनाए रखती है!

केवल एक बच्चा हैरानी से चीख पड़ा था।

उसके संस्कार कच्चे थे।

एक महिला तब उठकर खड़ी हो गई, जब एयर पुलिस द्वारा उतारने के प्रयास में की जा रही खींचतान में लड़की का फूलदार धानी रंग का दुपट्टा खिंचता हुआ बाहर आ गया और लड़का ज़ोर से चीखा—"रेशमा..."

"हेलो, हेलो, व्हाट आर यू पीपुल डूइंग? ऐसे किसी महिला को घसीटकर नहीं ले जा सकते आप लोग।" महिला ज़ोर से बोली तो लोग चौंककर उसकी तरफ़ देखने लगे। शायद उसका पति था बगल में, उसने हाथ खींचकर बैठा दिया।

"क्या करती हो डार्लिंग! प्लेन है ये।"

लेकिन आँखों से पति ने कुछ और भी कहा—'बेवकूफ, गँवार,' जैसा कुछ। आँखों से कही गई इस बात ने महिला पर जबर्दस्त असर डाला। वह कब से अपने पति के स्टैंडर्ड को अपनाना चाहती थी पर हर बार कुछ चूक रह जाती थी।

"ट्रेन बना दिया है इसे भी। जनरल बोगी।"

"बैठने की तमीज़ नहीं, चले आते हैं जहाज़ में।"

"किराया सस्ता हो गया है जी, इसी से हिम्मत इतनी बढ़ गई है इनकी।"

"स्मगलिंग भी तो चलती रहती है इसी में। ऐसे ही बहाने मारकर लोग करते हैं।"

लोग उड़ान में होनेवाली देरी को लेकर चिन्तित हो उठे।

लोगों के लिए 'लड़का लड़की' फिलहाल लाभ की वस्तु नहीं थे।

लोग अपने अपने घरों, दफ़्तरों, कार्यक्रमों वग़ैरह की अजीब सी ऐंठ और हड़बड़ी में थे।

हड़बड़ी में वे विमान से एक छलाँग में दिल्ली से बम्बई उतर जाना चाहते थे।

"हम बोरिया-बिस्तर उठाकर यहाँ से नहीं जाएँगे।"

लड़की ने यह पूरा नहीं कहा।

इतना भर कहा—"हम नहीं जाएँगे। हमें ज़रूरी है। अब्दुल्ला, हमारा भाई, सीरियस है। शायद हमारा जाना...हमने पैसे का इन्तज़ाम...कोई उसके पास नहीं है। लोग लावारिस न कर दें...लावारिसों का तो कितना अंग निकाल लेते हैं। किडनी, लीवर...फिर हम क्या कर पाएँगे? भाई साहब, आप लोग समझाइए।" लड़की रो रही थी।

एयर पुलिस खींचकर दोनों को ले जा रही थी।

सभ्य लोग अपने-अपने मोबाइल से फ्लाइट लेट होने की सूचना अपने-अपने लोगों को देने लगे थे।

एक एयर पुलिसवाले ने तो कन्धे से पूरा का पूरा लड़की को घेरकर चिपटा लिया है और ऐसे भींचते हुए लिए आगे बढ़ा रहा है। लड़की का मुँह उसकी टी शर्ट में धँस जैसा गया है। उसे बोलने में मुश्किल हो रही है। लड़की का हाथ, कन्धा तो कई छूते जा रहे हैं। लड़की के छूटने के सारे प्रयास बेकार जा रहे हैं। लड़का लगभग घसीटता हुआ ले जाया जा रहा है।

अचानक लड़की का मुँह खुल गया। वह ज़ोर से चिल्लाई—"ऐसे नहीं ले जा सकते आप हमें! महिला पुलिस बुलाइए!" और अपने पैर को विमान की किसी सीट के नीचे लपेटकर, मोड़कर नीचे बैठ गई।

वह महिला, जो अपने को गँवार होने के कलंक से बचाना चाहती थी और अपने पति की निगाह में अपने लिए इज़्ज़त पाने की भरपूर कोशिश में लगी थी, फिर ग़लती कर बैठी, उठकर खड़ी हो गई और चिल्लाकर बोली—"ऐ, हेलो, ठीक कह रही है लड़की। जाओ, महिला पुलिस लेकर आओ।"

उसने एक और ग़लती की। इससे पहले कि उसका पति उसे हाथ खींचकर बैठाता, वह तेज़ी से अपनी सीट से निकली और लड़की की तरफ़ झपकी–"तब तक कोई नहीं छूएगा इसे। वरना अख़बारों को दे दूँगी, मानवाधिकार वालों को बुलाऊँगी, महिला आयोग को बताऊँगी, आर.टी.आई. में माँगूँगी तुम्हारे नियम कानून, जनता को क्या बताया है तुम लोगों ने? क्या छुपाया है? सब पता चल जाएगा। एक प्रेगनेंट औरत को इस तरह खींचते ले जाने का ये कौन सा तरीक़ा है? हटो, हटो, तुम सब।"

एयर पुलिसवाले रुक गए। महिला का पति हक्का-बक्का-सा उठकर खड़ा हो गया। उसे पता नहीं था कि उसकी पत्नी को मानवाधिकार और महिला आयोग जैसे नाम भी पता हैं!

उसके पति के खड़े होने के बाद, मोबाइल पर अपने अपने लोगों को सूचना दे रहे सभ्य लोग भी घबड़ाकर खड़े हो गए। उनके हाथ से आज का ताज़ा अख़बार छूटकर गिर गया।

अख़बार के छूटकर गिरने के साथ उसके पीछे छिपी बात भी खन से गिरी। पीछे की बात यह थी कि एक दिन फूफा पुलिसवाले के साथ देर रात तक शराब पीने के बाद बहक गए। अपने मोहल्ले को याद करने लगे। करोड़ों फोटोकॉपी वाले बच्चे उनकी स्मृति में मचल उठे। रेशमा, अब्दुल्ला को खोजने वाली आँखों से पूछने लगी–"बोरिया बिस्तर उठाकर हम कहाँ जाएँगे फूफा?" बस, वे रोने लगे। थोड़ा भूख पर रोये, थोड़ा बीमारी पर रोये। थोड़ा लाचारी और गरीबी पर रोये, थोड़ा मेहनत और बेचारगी पर। थोड़ा कमीनगी पर रोये, थोड़ा कामयाबी पर...

पुलिसवाला उनके रोने पर रोया और रोने में कहने लगा–"साला, ये काम! इधर आने का रास्ता होता, जाने का नहीं बीडू । ये कुत्ता काम, साला कुत्ता काम, कुत्ता बना दिया। तू भी कुत्ता, मैं भी कुत्ता। कुत्ता, कुत्ता..."

पुलिसवाले के रोने से फूफा का बँधा हुआ रोना छूट पड़ा और वे भरभराकर खुल गए। इस तरह भरभराकर खुले हुए फूफा के मन की गठरी बिखर गई और वे रहस्योद्घाटन करने लगे–"सर जी, धन्धा गन्दा है, पर मन्दा नहीं है, लेकिन सर जी, ज़मीर भी कोई चीज़ होवै है। हम ज़मीर के आदमी रहे हैं। मजबूरी जो न करावे, काम बहुत खोजा, मिला नहीं, भूख सबकी देखी न गई। आज देखो, कैसे गन्दगी में लिजलिजा रहे हैं? सर जी, हम झूठ बोलनेवाले आदमी नहीं रहे, इस धंधे ने क्या न कराया! बुढ़ौती में देखो क्या किए जा रहे हैं?"

पुलिसवाला और दार्शनिक हो उठा–"हमारे भी ऊपर लोग बैठे हैं बीड़ू। हम भी कहाँ आज़ाद है। जो मिलता है, उसका कमीशन ऊपर तक भरना पड़ता है। ये दुनिया ऐसी ही है बीड़ू..."

इससे फूफा और व्याकुल हो उठे। व्याकुल फूफा आगे बढ़े–"लेकिन हम नहीं ठहरेंगे यहाँ। सर जी, कहे देते हैं, हम छोड़ देंगे। अब खाली मोमो चलेगा। दुकान पर, काला धन्धा बन्द। अगर मुझे किसी ने बीच में रोका तो समझ लो सर जी, सबकी पोल-पट्टी खोलकर इसकी जड़ में आग लगाय दूँगा। हाँ सर जी, बस, अब हम नहीं ठहरने वाले।..."

सभ्य लोगों के हाथ से छूटकर गिरे हुए आज के ताज़े अख़बार में फूफा की तसवीर छपी थी। पुलिसवाले के साथ। फूफा अंगोछे से मुँह ढाँपे, ऊपर आकाश की तरफ़ देखते, हाथ पीछे बाँधे खड़े थे। उनकी बगल में पुलिसवाला खड़ा था वीरभाव में तना हुआ, अपनी एक काले पत्थर की आँख और दूसरी पत्थर से भी सख़्त आँख लिये। तसवीर में उसकी वर्दी से आनेवाली दारू और तम्बाकू की दुर्गंध का पता नहीं चल रहा था। तसवीर के ऊपर शीर्षक था–'नशे के इंजेक्शन बेचता वृद्ध गिरफ़्तार, सरकारी ज़मीन पर अवैध क़ब्ज़ा कर खोली थी दुकान।'

तस्वीर में फूफा मुँह ढाँपे, ऊपर आकाश की तरफ़ देखते, पीछे हाथ बाँधे ऐसे खड़े थे, जैसे ऊपर उड़ता हुआ हवाई जहाज़ देख रहे हों!

ऊपर आकाश में फिर गड़गड़ाहट हो रही थी, फिर करोड़ों फोटोकॉपी वाले बच्चे, मोहल्लों से निकलकर, दौड़कर, टीले पर चढ़कर, ख़ूब ऊपर उड़ते हुए उस बड़े से पक्षी को आँखों में भर लेना चाहते थे।

इसी सब में फिर रेशमा आती, अब्दुल्ला को खोजती आँखों से पूछती।

ऐ अहिल्या

"ट्रिन-ट्रिन..." मैं लपकी–"मैं रूपा, मनु..."

"हाँ," मेरे हाथ काँपने लगे–लगा, किसी फिल्मी सीन की तरह रिसीवर मेरे हाथ से छूटकर नीचे गिर जाएगा। मैंने भरसक ज़ोर से रिसीवर को जकड़ लिया। चारों तरफ़ से "किसका फोन है" की निगाहें मुझे काटने लगीं। उधर रूपा लगातार बोले जा रही थी–"मनु प्लीज़, आ सकोगी क्या? अभी, कुछ बताना चाहती थी तुम्हें, सुन रही हो न..."

मैं 'हाँ, न' कुछ नहीं कह पा रही थी। साँस फूल रही थी। धड़कनें बाहर आ रही थीं–"मैं समझ रही हूँ, मि. दासानी से पूछोगी...माँ जी...बबली का ध्यान...जाने दो...इतनी लम्बाई की ज़रूरत नहीं...ओ.के. बॉय।"

"रुको, सुनो मैं आ रही हूँ।" पता नहीं, कैसे सामने से आते मि. दासानी को देखते ही मेरे मुँह से निकल पड़ा।

"किसका था?"

"रूपा का।"

"ठीक है, लेकिन जाने की ज़रूरत नहीं है।"

"पर मैंने तो 'हाँ' कर दिया है।"

"बिना सोचे न, देखो, ये अख़बार देखो–ये किसी सभ्य लड़की का तरीका है...ठीक है, उसकी दो शादियाँ विफल रहीं, पर समाज में इस तरह से अपना असन्तोष..." उनके चेहरे पर घृणा, अफ़सोस, चिन्ता आते-जाने लगे।

"पर उसे ज़रूरत है मेरी, आख़िर परेशानी में है।..."

"देखो मनु, समझो बात को, इस समय तुम रूपा के घर पहुँची नहीं कि लोग कहने लगेंगे, इसमें तुम्हारा भी हाथ है। और फिर किसने कहा था उसे ओखल में सिर डालने को?" जैसा कि उनकी आदत है, वे अपने ग़ुस्से को काबू

में करने की कोशिश करते हैं–"देखो धीरे-धीरे समय सरकेगा, लोगों की नज़र धुँधलाएगी। फिर जब चाहना, मिल आना।" उन्होंने धीरे-से हाथ पकड़ा और बरामदे से बेडरूम में ले आए। समझते रहे, मगर मुझ पर तो जाने का भूत सवार था। हर बार समझाने के बाद मैं कह उठती–"बस, थोड़ी देर के लिए..."

"हाँ, जाना चाहिए, सब कुछ ताख पर रखकर, छोड़ दो अपना पति, बच्चा! जाओ उसी की तरह जीओ। एक बार बाहर निकलकर देखो, परेशानी झेलते-झेलते चमड़ी निकल जाएगी। औरत हो, औरत की तरह रहो।" वे ग़ुस्से और उत्तेजना से तेज़ी से बाहर निकल गए। "औरत की तरह..." मेरे तो पैरों तले ज़मीन ही खिसक गई। जाऊँ, इतना सब कुछ छोड़कर एक दोस्त से मिलने? वाह! मन झुँझला गया। वहीं लेट गई।

कल शाम से ही सबकी ज़ुबान पर रूपा-राकेश हैं। ज़रूर रूपा यूनिवर्सिटी गेट के बगल वाले कॉफी हाउस में आई होगी। कहीं कॉफी हाउस, जहाँ मैं और रूपा कभी-कभी कॉफी पीने जाते और अकसर रूपा-राकेश वहाँ पूरी-पूरी शाम बतियाते रह जाते। कल ज़रूर उनमें कुछ तेज़ बहस हुई होगी। तभी ऐसा किया होगा रूपा ने। वह राकेश का हाथ पकड़कर लगभग खींचते हुए विश्वविद्यालय गेट के सामने बने संस्थापक की मूर्ति के चबूतरे के पास आई। राकेश मना करता रहा, पर रूपा उछलकर चबूतरे पर चढ़ गई और झुककर राकेश को आलिंगन में लेकर एक लम्बा चुम्बन जड़ दिया। जब तक लोग इकट्ठा हों, रूपा ने राकेश को हलका-सा धक्का दिया और चबूतरे से कूदकर तेज़ी से कार के पास आ गई। राकेश पीछे दौड़ा, पर वह कार स्टार्ट कर चुकी थी। राकेश भीड़ को जाने क्या समझाता रहा–भीड़ समझती रही। कैसे बीती होगी रूपा की रात, आज सुबह-सुबह ये अख़बार, तुरन्त रूपा का फोन!

"इस मरे प्रेस फोटोग्राफ़र को भी उसी समय उधर रहना था, कम-से-कम फोटो तो न आती, पर भाग्य को कौन टाले," सासजी इतनी तेज़ बोल रही थीं कि मैं एकदम से उठ बैठी। बबली मेरे पास आ गई–"मम्मी, आपकी चाय बरामदे में पड़े-पड़े ठंडी हो गई।" कुछ देर मेरा मुँह देखती रही, फिर हाथ पकड़कर थोड़ा लाड़ लड़ाकर बोली, "आपको क्या लगता है, रूपा आंटी ने ठीक किया?"

"पता नहीं बेटा, कुछ समझ में नहीं आ रहा, ऐसा करने की क्या ज़रूरत आ पड़ी?" मुझे बोलते देख, सासजी भी चली आईं–"अब कोई लड़की किसी को भरे बाज़ार में चप्पल मारे, जूता मारे, चलो गोली भी मारे, सो तो समझ में आता है, पर जिससे शादी करने जा रही हो, उसी को भरे बाज़ार...जाने

कौन-से भूत-पिशाच का बसेरा हो गया है...शान्ति से जी रही थी, तो जीया नहीं गया।''

मैं थोड़ा चौंकती हूँ–कौन जी रहा था शान्ति से, रूपा और मैं? मैं इस घर की बार्बी डॉल, जिसे सुन्दर-सुन्दर कीमती कपड़े पहनाकर सजा दिया गया है। मि. दासानी की मर्ज़ी के बिना जिसका हाथ तक ऊपर-नीचे नहीं उठ सकता, जिसकी आँखें जब तक मि. दासानी डुलाएँ न, खुलेंगी नहीं, जिसके सुन्दर बाल मि. दासानी की मर्ज़ी से अलग-अलग स्टाइल में सँवरेंगे। मि. दासानी की कल्पना जहाँ तक फैलेगी, वे उतने सारे स्वर्ग बिछा देंगे, पर दुर्भाग्य, उनकी बार्बी डॉल अपने मरे हुए जीवन में चुपके-चुपके प्राण फूँकती रहती है। चुपके-चुपके ही सही–एक सही जीवन तलाशती रहती है। स्वर्ग से भाग-भागकर नरक के संघर्ष पर मोहित होती रहती है। इसी मुग्धता का परिणाम है रूपा की दोस्ती।

राकेश रूपा का पहला प्यार था। कॉलेज के दिनों में रूपा अक्सर राकेश को लंच खिलाती और गरीब-मेहनती राकेश कहता, ''क्या लाजवाब खाना था, तुमने तो मेरे डिनर का पैसा बचा दिया।'' अक्सर वह खाने-पीने के बाद अफ़सोस करता हुआ धीरे-से कहता, ''मनु, रूपा से कह देना, मुझे अच्छा नहीं लगता, वह इतना न खर्च किया करे, मैं लौटा कैसे पाऊँगा।'' रूपा सुन लेती–''पी.सी.एस. कम्पलीट करने के बाद लौटा देना। नहीं लौटाओगे, तो मैं वसूल लूँगी।''

ओह, तारा मुझे जगा रही है, मैं गाऊन में ही हूँ, आज दस बजे तक। जल्दी-जल्दी थोड़ा बाल ठीक करती हूँ और डरते हुए बरामदे में आती हूँ। मि. दासानी प्यार से मुस्कुराते हैं–''रोज़ तो तुम अब तक तैयार हो जाती थीं, आज मूड ठीक नहीं है न।'' फिर लाड़ से बाँहों में घेरकर कहते हैं, ''मैं एक बजे तक आ जाऊँगा, तब तक पिंक साड़ी में तैयार हो जाना। फ्रेश हो जाओगी, तो मूड भी ठीक हो जाएगा।''

गुलाबी रंग उनकी पसन्द है और मेरी? मन नहीं होता है तैयार होने का। मन में तो लम्बी टी शर्ट और लूज पैंट में रूपा बसी है। याद आती है रूपा की पहली शादी। राकेश के प्रेम से रो-धोकर भी रूपा आज़ाद नहीं हुई। राकेश बिना नौकरी के इस छोटी-सी दुनिया में रूपा को लेकर कहाँ भागता? फिर, रूपा की शादी राजीव से हो गई। उस समय रूपा की पारिवारिक प्रतिष्ठा को देखते हुए मैं बेरोक-टोक उससे मिल सकती थी। हालाँकि मुझे छोड़ने और लेने मि. दासानी खुद जाते थे। एक रोज़ रूपा ने कहा था–''बच्चा ही चाहिए था, तो इतने सारे शारीरिक-मानसिक कष्ट सहन करने की क्या ज़रूरत?''

''पर बच्चा पिता का भी तो होता है।''

"माँ का ज़्यादा होता है," उसने अपनी डेढ़ साल की बच्ची के सिर पर मेरा हाथ रखकर पूछा, "बता मदद करेगी?"

"कैसी?"

"ट्रक का इन्तज़ाम, बिलकुल चुपचाप।"

"लेकिन एक घर को तोड़ना?"

"घर मेरा है, जब चाहेंगे लेकर शिफ्ट कर जाएँगे।" रूपा की दलीलें मुझे झकझोरती हैं। मैंने यह बात मि. दासानी को नहीं बताई। सरित को फोन किया। उसका भाई ट्रक का इन्तज़ाम करने को तैयार हो गया। दूसरे दिन जब मैंने मि. दासानी से रूपा के घर जाने की बात कही, तब वे तैयार नहीं हुए—"ये रोज़-रोज़ क्या जाना?"

उनके जाने के बाद पहली बार मैं उनकी आशा के ख़िलाफ़ रूपा के घर गई। योजनानुसार रूपा की सास घर पर नहीं थीं। रूपा बेटी के साथ तैयार थी। मैंने और सरित ने जिस फुर्ती से उसका सामान ट्रक में रखा, आज भी उस फुर्ती को सोचकर शरीर में झुरझुरी-सी हो जाती है। अजित दो दोस्तों के साथ आ पहुँचा, फिर तो आनन-फानन में मसहरी-ड्रेसिंग मिरर, डाइनिंग टेबल आदि...घर खाली-सा हो गया। रूपा, मैं, छोटी सुमि, सरित कूदकर ट्रक पर चढ़े। ट्रक चला, तो मेरा एक्साइटमेंट देखने लायक था। मैंने सोचा, रूपा मुड़-मुड़कर घर को देखेगी, पर रूपा सामने देख रही थी—अपनी यात्रा के अगले पड़ाव को।

रूपा अपने घरवालों से कैसे-कैसे निपटी। पर मुझे मि. दासानी से निपटने में पूरा एक हफ़्ता लग गया। मेरे घर पहुँचते ही मि. दासानी बिलकुल अधीर से पास आए। मुझे बाँहों में भर कर कई बार चूमा—"तुम कहाँ चली गई थीं?" फिर वे बिना कपड़े बदले ही बरामदे में मेरे साथ बैठ गए। वे सिगरेट पीते रहे और मैं उसके धुएँ में उड़ती रही। मेरा थ्रिल गायब हो रहा था और उनका दुख कम। उन्हें कुछ बताने की हिम्मत नहीं हो रही थी। अन्ततः वे ही खुले—"सामान बँधवा दिया?"

"हाँ।"

"अब राजीव का क्या होगा?"

"वह इसी काबिल था।" मेरी इस बात से उन पर कोई असर नहीं हुआ, वे दुगुने दुखी हो गए।

मेरे अन्दाज़े के मुताबिक ही दस बजते-बजते राजीव और उसकी माँ आ गए। वे हैरान थे—"कोई घर छोड़कर इस तरह जाता है?"

"सारा सामान उठा ले गई।"

“मगर सारा सामान तो उसी का था।” मेरे मुँह से निकल पड़ा। सासजी ने मेरा हाथ धीरे-से दबा दिया।

“कैसे उसका था?” वे मर्सिया पढ़ने लगे। राजीव सिगरेट फूँके जा रहा था। अचानक उसकी माँ चीखी “कहा था तुमसे, बस कर सिगरेट, पर तेरा तो अपने पर ही वश नहीं, बीवी को क्या वश में करेगा।” एक घंटे तक बहू की शिकायत करते-करते अचानक वह औरत पिघल गई–“मुझे तो कभी नहीं जताया कि मुझे नापसन्द करती थी।”

“हो सकता है, वह आपको पसन्द करती हो आंटी।”

“तुम ठीक कह रही हो।” वे थोड़ा उपहास की दृष्टि राजीव पर डालती हैं। राजीव मुँह लटकाए बैठा है। मि. दासानी राजीव को उठाकर बरामदे में ले जाते हैं। इधर आंटी जी शुरू होती हैं–

“मैंने उसे अपनी बेटी समझा और उसने देखो, क्या किया। अब आदमी कभी भटक जाए, तो औरत घर छोड़ देती है क्या...आदमी खूँटा तुड़ाए, तब न कोई बात...थोड़ा-सा इधर-उधर चरना तो मर्द जात की निशानी है...क्यों, भाभी जी।”

“कितनी ख़राब निशानी है।” सासजी की बजाय मैं जवाब देती हूँ। वे गुस्साकर मुझे देखती है–“हम कानून से बच्चे को छीन लेंगे।” वे अपने दोनों हाथ मुझे दिखा रही थीं।

“लेकिन वह अभी तलाक नहीं लेगी।” मेरी इस बात से मेरी अपनी सासजी घबरा गईं–“तू अन्दर जा, टेंशन मत ले, जा बेटा जा।” वे ऐसे मुझे जबरन अन्दर करने लगीं, जैसे किसी परिचित बाहरी के सामने घर का पालतू कुत्ता चेन में बाँध दिया जाता है।

“क्या हो गया है मम्मी, आपको?” बबली कह रही थी। मुझे तो याद ही नहीं रहा कि आज बबली को अपनी दोस्तों के साथ पिकनिक पर जाना है। मैं भावुक हो उठी–बबली को गले से लगाकर रो पड़ी–“मेरी प्यारी बच्ची, मैं तुझे ‘डॉल’ नहीं बनने दूँगी, तुझे जिन्दा कर दूँगी, डॉक्टर बनाऊँगी, आर्टिस्ट बनाऊँगी या जो तू बनना चाहेगी...”

“मम्मी प्लीज, मुझे ‘बाय’ नहीं करोगी, अभी तो देर हो जाएगी। शाम को मैं तुम्हारी सारी बातें सुन लूँगी और मान भी लूँगी।” बबली नीचे जाकर कार में बैठने लगी, मैं अभ्यस्त हाथ ऊपर उठाकर चिल्लाई–

“सुनना मेरी बात, पर मानना नहीं–ये ज़रूरी नहीं है।” ज़रूरी है कि हम अपने ही माँ-बाप को थोड़ा पीछे हटकर और लोगों की तरह देखें, तभी तो

सही-ग़लत का निर्णय हो सकेगा–हर बात सुन लेना, मान लेना, तुच्छ आज्ञाकारिता...मन तीता हो उठा।

रूपा ने दूसरी शादी की डॉ. विनय से। यह परिचय सुमि की बीमारी की वजह से हुआ था। सुमि की मौत के बाद रूपा उससे अलग हो गई। पर कारण क्या सुमि थी? इस बात को रूपा टाल जाती है। मैं उठकर बरामदे तक आती हूँ–''ममी, आप चाय पिएँगी?''

''तुम पिलाओगी, तो ज़रूर!'' सासजी मुस्कुराती हैं। यहाँ कोई किसी को इनकार क्यों नहीं करता। मैं किचेन में जाती हूँ। अब तारा मुस्कुराती है। मैं चाय बनाकर लाती हूँ और बरामदे में हम सास-बहू इत्मीनान से चाय पीने लगते हैं। तभी फोन फिर बजता है–''रूपा ही होगी।'' मैं उठाती हूँ।

''कल रात पार्टी रखी है, जूनी और सरित भी होंगी। मुझे भी...''

''एक हंगामे का दिन अभी दो-चार क़दम भी नहीं खिसका कि दूसरा बवेला...तुम मत पड़ो इसमें...''

''मैं नहीं आ सकूँगी, रूपा।''

''यार, तुम आगे चलते-चलते पीछे मत लौटा करो।'' रूपा हँसती है। फोन कट जाता है। मैं कुछ खिसियाती हूँ। चाय का इत्मीनान खत्म हो जाता है। सासजी समझाती हैं–''देखो, जूनी ठहरी कुँआरी और सरित डायवोर्सी। दोनों को कोई पूछनेवाला है नहीं न। अब तुम उस पचड़े में पड़कर अपना घर क्यों बर्बाद करने पर तुली हो?''

''ये ख़ुशी की पार्टी होगी मम्मी, वो रूपा अकेली माँ...वो राकेश से शादी नहीं करेगी।''

''क्या?'' वे सनाका खाती हैं।

कुछ भी हो, मेरा मानसिक तनाव रूपा के फोन से कुछ कम हुआ। मैं फिर रूपा और राकेश की बातों में लौट गई। वही पुराना रेस्तराँ–रूपा, राकेश और मैं।

''सुन्दर और पैसेवाली तो उर्मिला और कनिका भी थीं?''

''पर मुझे तुम्हारा तीखापन अच्छा लगता है।''

''और उससे पहले आलोका तो तीखी थी थी, उसे क्यों...''

''यार, उसमें तुम्हारे जैसा नमक कहाँ था?''

''अब ये तो तुम बिलकुल वेश्याओं जैसी बातें कर रहे हो...''

''तुम भी क्या-क्या कह देती हो, रूपा।'' मैं टोकती हूँ।

वह रुकती नहीं–''मन से जुड़ना कुछ और बात है, पर तुमने तो एक के बाद दूसरी को, पैसों के लिए बस यूँ ही...अब क्या कहा जाए तुम्हें।''

"ओह रूपा, तुम समझती नहीं, यह बस तुम्हारी तलाश के कारण, मैंने घर आकर कितनी ही लड़कियाँ देखीं, पर हर बार मैं उन्हें तुमसे कम्पेयर करने लगता हूँ और पसन्द नहीं कर पाता। रूपा, मैं तुम्हें सचमुच प्यार करता हूँ।" वह रूपा का हाथ पकड़कर अपनी आँखों पर रख लेता है।

"मैं चलती हूँ।" मेरा उठने की कोशिश करना।

"बुज़दिल डरपोक," रूपा हँसती है। राकेश चहकने की कोशिश करता है–"मैं तो तुमसे शादी करना चाहता हूँ, सारी दुनिया के सामने तुम्हें इज़्ज़त दिलाना चाहता हूँ।"

"मैं क्या यहाँ बेइज़्ज़त बैठी हूँ, कमाल है!" फिर एक तीखी हँसी। राकेश ग़ुस्से में थोड़ा खिसियाता है। बात सँभालते हुए उठ जाता है।

राकेश के जाने के बाद रूपा कहती है–"मैं वीर्य बैंक भी जा सकती हूँ, पर मुझे लगता है, इसके लिए राकेश ही क्या बुरा है।" मैं डरती हूँ–"तुम राकेश के साथ...।"

"मैं तो अपना दिया वसूल रही हूँ।" फिर वही तीखी हँसी।

कॉलबेल बजती है। ज़रूर मि. दासानी होंगे। एक बज गया है। मैं ख़यालों की दुनिया से निकलकर बाथरूम की तरफ़ भागती हूँ। अभी तक तैयार जो नहीं हुई। हाथ-मुँह धोकर हलके गुलाबी रंग की साड़ी पहनती हूँ, बाल अभी सँवार रही हूँ कि वे अन्दर आ जाते हैं–"मुझे पता था।" कहते हुए बाँहों में भरकर होंठ बन्द कर देते हैं। मैं कसमसाती हूँ–"अभी नहीं," वे मुझे छोड़ देते हैं। थके से बिस्तर पर बैठ जाते हैं–"मनु, तुम बहुत प्यारी हो, मैं तुम्हें खोना नहीं चाहता। इसलिए मना कर देता हूँ यहाँ-वहाँ जाने से।" वे नीचे देख रहे हैं। अब वे एक बिजनेसमैन नहीं, एक स्कूली छात्र बन गए हैं–"तुम जब ऐसा करती हो, तो कॉलेज के दिनों में पढ़ी रानी बहुला की कहानी याद आ जाती है।" ये बीसियों बार तो सुना चुके हैं वो कहानी।

"राजा जितना ही उस पर मोहित होकर उसके पास जाने की कोशिश करता, रानी बहुला, उतनी ही दूर होती जाती। अन्त में क्रोधित होकर राजा ने उसे जंगल में छुड़वा दिया।"

"राजा को बिना मन के करीब पहुँचे, तन-मन दोनों चाहिए था, है न!"

"लेकिन मैं ऐसा नहीं हूँ, मैं तुम्हें जंगल क्या, किसी पार्क में भी अकेला नहीं छोड़ सकता।" वे धीरे-से हँसते हैं। मेरी बात पर ध्यान दिए बिना वे अब भी नीचे देख रहे हैं। मुझे दया आती है। सोचती हूँ, उनकी छाती पर सिर रखकर देर तक आराम करूँ, पर वे बिलकुल किलक उठते हैं और बेतहाशा

चूमने लगते हैं। इस प्रेम को वे थोड़ी-सी समझ-स्वतन्त्रता से स्वस्थ और पौष्टिक क्यों नहीं बना देते।

"मैं भटक नहीं सकती।"

"मैं जानता हूँ।"

"फिर आप मुझे..."

"कुछ मत बोलो।"

"अभी नहीं, मैं आपसे बात करना चाहती हूँ।" वे फिर मेरे होंठ-सी देते हैं।

आख़िरकार मैंने छोड़ दिया है अपने को—और वे कुछ भी कर सकने की ताक़त में हैं। वे तृप्त होकर उठे और मैं? मैंने अपनी साड़ी-कपड़े ठीक किए, बाल सँवारा और उनके साथ बाहर आ गई।

सासजी खाने की मेज़ पर हमारा इन्तज़ार कर रही थीं। इस घर में क्या उन्हें सचमुच अच्छा लगता है। कभी भी अपनी ऊब का इज़हार नहीं करती ये काठ की बुढ़िया। अपना घर तो स्वर्ग होता है, तो इस स्वर्ग को जकड़कर बैठ गई हैं। मैंने नज़र उठाकर देखा—माँ-बेटे इत्मीनान से खा रहे थे और मैं सोच रही थी। अजीब बात है। अचानक मि. दासानी बोले—"अरे, तुमने पिंक वाला नेकलेस क्यों नहीं पहना?" मेरी सोच वहीं दरक गई—कब ये आदमी मुझे थोड़ा-सा जीने की छूट देगा—ज़्यादा तो मैंने माँगा ही नहीं।

मन हुआ, आज फिर रूपा के साथ उस शान्त पुलिया पर जा बैठूँ। आने-जानेवाले कहीं इक्के-दुक्के दिखते थे उधर। रूपा अकसर सिगरेट पीती। एक दिन उसने बीड़ी निकाली—"बीड़ी, ये क्या यार?" मैंने ग़ुस्सा किया, तो हँस पड़ी। सच, उस दिन पहली बार मैंने भी बीड़ी का कश लगाया। उधर दूर से अठारह-उन्नीस साल के तीन लड़के आते दिखे।

"तुझे कौन-सा अच्छा लग रहा है?"

"मैं तो किसी को ख़ूब ध्यान से देख ही नहीं पाती।"

"ऐ, केवल मि. दासानी को?"

"उन्हें यहाँ मत घसीटो।"

"तेरे मन में चोर है," रूपा मुझे गुदगुदाती है। किसी को खुलकर हँसना हो, तो रूपा से मिले। अचानक रूपा उछली—"सिखड़ा।" उन तीनों में से एक सिख था—"कितने सुन्दर होते हैं न सिख। इन्हें प्यार करने का मन करता है।"

"हाँ, वो तो तुझसे बच ही गया।"

"ऐ ज़्यादा आगे नहीं।" रूपा ने हाथ दबाया।

"देख न इनके होंठ, कितने लाल रसीले और नाक और माथा और छाती, मैंने किसी सिख की कम चौड़ी छाती देखी नहीं आज तक।"

"तो ठीक से देख ले न एक बार।"

"बढ़ मत, बढ़ मत।"

"शायद वो पहाड़ी है न? कितना ताज़ा..."

"तुझे हरदम पहाड़ी ही पसन्द आते हैं।"

लड़के धीरे-धीरे सीटी बजा रहे थे। "मैं भी बजाऊँ सीटी।" रूपा ने ख़ूब तेज़ सीटी बजाई। फिर मैंने बजाई। फिर हम दोनों ज़ोर-ज़ोर से हँस पड़े—"कम उम्र थे बेचारे, घबरा गए—जल्दी-जल्दी भागे। कभी-कभी आवारागर्दी में कितना मज़ा आता है।"

"आँख ही नहीं थी तेरे उस वाले पहाड़ी की।" रूपा ने कॉलेज के दिनों की चुटकी ली।

"यार, मेरा ध्यान तो उसकी आँख पर जाता ही नहीं था। बस, उसके सुर्ख़ होंठों पर अटका रह जाता था।"

"एक और था, याद कर, जो घूरता रहता था, मुस्लिम बॉय।"

"जावेद, लेकिन ये क्या तुमने सिख, पहाड़ी, मुसलमान लगा रखा है। नाम लो न।"

"देश में धर्म का इतना महत्व हो गया है, पहले वही लगाना पड़ता है।" रूपा व्यंग्य और नफ़रत से मुँह फुलाती है—"हम औरतों को ज़बर्दस्ती धार्मिक-सनातनी बनना पड़ता है, हमें तो धर्म-निरपेक्ष होना चाहिए। देखो तो, न हमने शिखा रखी है, न जटा-जूट, न ही हमारे शरीर पर कोई चिह्न है, तो हमें फ़र्क़ क्यों पड़े?"

"औरतों के मामले में सारे धर्म एक ही जगह आकर रुक जाते हैं। औरतें आज तक धर्म को लेकर दंगा-फसाद पर नहीं उतरीं। थोड़ी ही देर में धर्म-जाति जैसी चीज़ों के साथ ही समझौता कर लेती हैं—प्यार उन्हें हमेशा झुका देता है।" रूपा मेरा हाथ उठाकर अपने गले में लपेटती है—"हाँ, ये औरतें ही हैं, जो सचमुच कौम से बाहर हैं। अमीर ग़रीब का शोषण करता है, उच्च वर्ग निम्न वर्ग का शोषण करता है और शोषक व शोषित दोनों मिलकर औरत का शोषण करते हैं। जब दलित पुरुष आज़ादी के उनचास साल बाद भी अपने लिए बराबर की जगह नहीं बना पाया, तो औरत कितनी जगह बना लेगी।" कुछ संजीदगी छाने लगी।

"फिर भी मुझे सिख बहुत आकर्षित करते हैं, उनमें क्वालिटी है। धर्म ख़त्म हो जाएग, तो उनकी क्वालिटी का क्या होगा?" वह हँसने की कोशिश करती है।

शाम धीरे-धीरे करवट ले रही है। आकाश में धुँधलका छाया है। घर में एक उदास सन्नाटा पसरा है। मैं बबली का काम करना चाह रही हूँ और बबली पिकनिक की थकान से अलसाई है। अचानक सासजी कमरे में आ जाती हैं।

"तुम जा नहीं रहीं?"

"कहाँ?"

वे मुस्कुरा दीं, "तो क्या आप..." मैं उछल पड़ी, तो क्या अब यह काठ की बुढ़िया नहीं रहीं? भागी मैं। रूपा के घर पर ताला था। राकेश सीढ़ियों पर बैठा था–

"अरे मनु, प्लीज़, तुम समझाओ न रूपा को। मैं शादी के लिए तैयार हूँ। लेकिन वो...आखिर बच्चा...पता नहीं कहाँ निकली है, अभी तक घर भी नहीं पहुँची..." वह खीझ रहा था। मैं अवाक-सी देख रही थी।

वह छलकते हुए बोला–"मैंने उसे माफ किया उस घटना के लिए...मेरी उम्र, मेरा घर-परिवार, मेरा सपना, ये सब, मनु प्लीज़...मैं उसकी हर बात के लिए तैयार हूँ..."

तभी रूपा की कार आकर रुकी–"हाय मनु, कैसे?" राकेश बिना रूपा की तरफ़ देखे निकल गया।

"अहंकार, अपनी सत्ता की मजबूती के प्रति अहंकार।"

"रूपा, उसकी आँखें छलछला आई थीं और तुम इतनी कठोर..."

"वाह, आगे चलें तो लातें मारे, पीछे चले तो धूल उड़ावे, रीलैक्स यार, टेक इट ईजी।" अब रूपा खिलखिला रही थी। मैं खिंचती-सी उसकी गाड़ी में बैठ गई। पहली बार एक साथ होते हुए हमारे बीच कोई बातचीत नहीं हो रही थी। 'कैसे कहूँ, क्या कहूँ इससे?' कुछ समझ में नहीं आ रहा था।

"तू घर से परमीशन लेकर आई है?"

"नहीं।"

"झूठ।"

"सच, लेकिन तुम शादी क्यों नहीं कर रही हो?"

"कितनी बार करूँगी?"

"वो गिड़गिड़ा रहा है।"

"कल गुर्रा सकता है।"

“डरती हो?”

“डरता कौन है?”

“फिर इस तरह घर छोड़कर भागती क्यों फिर रही हो? कहती थी, पैसा हो जाए, तो सब सम्भव है, अब तो बहुत पैसा है तुम्हारे पास।” इस तीखी लड़की की इतनी लम्बी खामोशी। वह पत्थर हो रही है या मैं पत्थर से पिघल रही हूँ। पता नहीं।

“चलो, कॉफी पीते हैं।” मैं सहज होने की कोशिश करती हूँ।

“नहीं, आज नहीं।”

“अच्छा, ज़रा बाएँ मोड़ना, थोड़ा और आगे।”

“बस यहीं रोकना।” रूपा गौर से बिल्डिंग को देखती है–‘कराटे-प्रशिक्षण केन्द्र।’ हम दोनों अन्दर जाते हैं। कुछ बात करती हूँ मैं वहाँ के इंचार्ज से। अब रूपा गौर से मुझे देख रही है। मैं थोड़ा घबरा रही हूँ। एक फॉर्म लेकर भरने लगती हूँ–नाम–बबली, उम्र...लौटकर हम वापस घर की तरफ़ चलते हैं। मैं घबराहट में सोच रही हूँ–कहीं उम्र ‘बारह’ की जगह ‘तीस’ तो नहीं लिख दिया। नाम की जगह ठीक-ठीक बबली ही तो लिखा था। आख़िरकार मैं रूपा से पूछ पड़ती हूँ।

“तीस की बच्चियाँ होती हैं, मनु?” रूपा का हाथ नरम है। लगता है, हम बारहवें में पिकनिक पर निकले हैं। बचपने का अहसास अब थोड़ी-थोड़ी उत्तेजना भरने लगा है।

रूपा हमारे घर के सामने कार रोकती है। ऊपर से दौड़ती हुई बबली आती है। बड़ी असहजता से उतरते-उतरते मैं बोली–“रूपा, आज तुम मेरे घर डिनर पर आ रही हो।”

“क्या?” रूपा खुली। “बबली, मनु ने मुझे डिनर पर बुलाया है, क्या तुम पसन्द करोगी?”

“क्यों नहीं।”

“और तुम्हारे पापा का ग़ुस्सा...।”

“ओह डोंट बॉदर, टेक इट ईज़ी।” रूपा झुककर बबली को चूमती है। मैं घर का बाहरी गेट खोलने के लिए हाथ बढ़ाती हूँ, तभी मि. दासानी की कार आकर रुकती है।

❑❑❑